走近古典品人生

十里桃花，怎能不相思

古诗词中的相思味蕾

陈雪·著

哈尔滨出版社
HARBIN PUBLISHING HOUSE

图书在版编目（CIP）数据

十里桃花，怎能不相思：古诗词中的相思味蕾／陈雪著.—哈尔滨：哈尔滨出版社，2018.7
（走近古典品人生）
ISBN 978-7-5484-3767-3

Ⅰ．①十… Ⅱ.①陈… Ⅲ.①古典诗歌－诗歌欣赏－中国 Ⅳ.①I207.22

中国版本图书馆CIP数据核字（2017）第298257号

书　　名：十里桃花，怎能不相思——古诗词中的相思味蕾
作　　者：陈　雪　著
责任编辑：任　环　韩金华
责任审校：李　战
装帧设计：上尚装帧设计
出版发行：哈尔滨出版社（Harbin Publishing House）
社　　址：哈尔滨市松北区世坤路738号9号楼　　邮编：150028
经　　销：全国新华书店
印　　刷：哈尔滨市石桥印务有限公司
网　　址：www.hrbcbs.com　　www.mifengniao.com
E-mail：hrbcbs@yeah.net
编辑版权热线：（0451）87900271　87900272
销售热线：（0451）87900202　87900203
邮购热线：4006900345　（0451）87900256

开　　本：787mm×1092mm　　1/16　印张：12　字数：145千字
版　　次：2018年7月第1版
印　　次：2018年7月第1次印刷
书　　号：ISBN 978-7-5484-3767-3
定　　价：36.80元

凡购本社图书发现印装错误，请与本社印制部联系调换。　　服务热线：（0451）87900278

序 言

人生难解是相思。

由古至今，相思总是文人雅士不变的题材。他们用精巧的文字将那些刻骨铭心的相思之情化作诗句，落于纸上，使它们成为感天动地的绝世佳作，流传至今。

有人因相思而惆怅，有人因相思而哀怨，有人因相思而憔悴，有人却在相思之中痛并快乐着。同样的相思，不同的情绪，被诗人和词人精雕细琢后，变得更加生动，令人读过之后不由得泪眼婆娑。

一千个人眼中有一千个哈姆雷特，一千个人眼中也有一千种相思。同样一首诗，同样一句话，不同的人读了，心里有不同的感触。正如站在阳光下，有的人看到的是阳光，而有的人看到的是地上的影子。

哲理的奥妙在于它可以自然存在于任何事物之中。本书选取了史上知名的表达相思之情的古诗词，从

"品诗人,品诗句,品人生"三个角度展开,讲解诗人生平,体会诗句含义,感受人生哲理。其中有柔情,也有傲骨;有绝望,也有期望。只愿朋友们读过此书后能有共鸣,或是有一点感触,哪怕与书中写的并不相同,也是好的。

目录

[1-32]

第一章

伤逝：斯人虽逝情犹存

追忆：为伊判作梦中人
旧梦：嗟余只影系人间
聆听：地角天涯不是长
流年：终当与同穴，未死泪涟涟
极致：十年生死两茫茫
钟爱：曾经沧海难为水

[33-58]

第二章

心念：落花有意水无情

牵挂：相思树底说相思
余温：有情何似无情
懵懂：才会相思，便害相思
聚散：无情不似多情苦
目送：未妨惆怅是清狂

[59-76]

第三章

红尘：浓情尽散惹心伤

孽缘：天长地久有时尽
归途：玲珑骰子安红豆

3

目录

曲终：水流无限似侬愁
宿命：相思一夜梅花发

[77-106]
第四章
蚀骨：一日之隔如三秋

浮云：思君如流水，何有穷已时
伤痕：衣带渐宽终不悔
风情：思君如满月，夜夜减清辉
信仰：两情若是久长时
等待：帘卷西风，人比黄花瘦
魂牵：一日不见兮，思之如狂

[107-136]
第五章
天涯：依依不舍伤别离

初心：一怀愁绪，几年离索
秋风：何如当初莫相识
情丝：何处相思明月楼
花下：三五年时三五月
倾世：月明千里故人遥
池水：前哀将后感，无泪可沾巾

目录

第六章 佳话：世间难得两相悦 [137-156]

懂得：日日思君不见君，共饮长江水
相悦：沉恨细思，不如桃杏
情歌：欲把相思说似谁
恒久：千山暮雪，只影向谁去

第七章 比翼：一点柔情一片心 [157-182]

焚心：愿为西南风，长逝入君怀
匆匆：最是人间留不住
倒回：不见去年人，泪湿春衫袖
成疾：人间无地著相思
无期：愿我如星君如月

后记 / 183

5

第一章 伤逝：斯人虽逝情犹存

多情人常说，世界上最遥远的距离是生与死，而世界上最长久的别离莫过于永别。每一次，人们含着无法言喻的深情说着「再见」，可是谁也不知道，这一句再见是不是诀别；谁也不知道，是不是能够再相见。倘若把每一次的相见都当作是最后一次的道别，未免让人觉得有些残忍。然而，当面临死别，那么这句再见之后便真的再不能相见，只有遗憾，萦绕心头，久久不去。

追忆：为伊判作梦中人

镜中朱颜未曾改，枕边芳魂已消散。当一生挚爱的人化作一丝青烟，向着天边渐渐远去之时，眼中的泪，就那么不受控制地落了一地。

相爱之人阴阳两隔，这是世间最刺骨的痛，而这样的痛，纳兰性德懂得。

纳兰性德，一个如此纯粹的人。他对待自己纯粹，对待爱情亦纯粹。纯粹的他就像是一个赤子，坦荡荡地在命运的丛林里孤身一人行走，他从不隐藏自己的单纯和真实，也不趋炎附势，同流合污。

他，只是他自己。

他不爱富贵，不喜赏赐，也不喜交际应酬。他唯一的向往便是拥有平静淡雅的生活，知己交心，与爱人倾情。然而命运乖张，看似最简单的要求，却也最难让人如愿。

夜深人静，苦苦相思。多少个无眠的夜晚，追忆往事，仿佛还记得十九岁的那一年，自己第一次遇见她的那种心动。

她是两广总督卢兴祖的女儿，是一个温婉贤淑的女子。她美貌有加，她知书达礼，虽然出身名门，却没有大小姐的骄纵和任性。初遇，四目相对，那一刻，爱情便升华为触手可及的幸福。

十九岁的那一年，纳兰性德因身患寒疾，只能整日闲坐在家中，静阅诗书。既无他人可见，也无他事可做。直到遇见卢氏之女，一切都改变了。那个美丽贤淑的女子的出现，为纳兰性德的人生注入了一抹暖色。

从此，脑海中挥之不去的是她娇弱的身影，耳边回响的是她温柔的声音，仿佛是中了爱情的毒一样，让人无法自拔。而这毒，唯有她才可以解。

他爱她，她亦爱他。这样两情相悦的爱来得猛烈而决绝，让人无法控制，也无法拒绝。既然如此，坦然地接受并且守护这份爱，便是最好的成全。

于是，那一日，美梦成真，一对恩爱情侣成为夫妻。从此柔情蜜意，伉俪情深。尽管聚少离多，但只要纳兰性德在家中，房中院内便满是爱情的气息。

她会为他洗手做羹汤，也会乖巧地陪在他的身旁。她也和许多真性情的女子一样，情到深处，会对《松窗杂记》中赵颜和画中仙的故事如痴如醉；会为《世说新语》中的荀奉倩宁可受冻自己去救高烧的妻子却徒劳的结局黯然神伤。

骨子里，她渴望爱情的润滋，渴望感情的长久，可还未来得及去亲身经历爱情带给她的喜怒哀乐，便被病魔夺去了年轻的生命。

病榻前，她多想再看一眼自己的爱人，听一听他的声音，感受他手掌带来的温度。可是，她知道，此时的他正在奉旨伴君，出游在外。或许吧，这便是命运的安排，不能见最后一面也是一种安慰，至少，她不愿爱人看见自己被疾病折磨的样子，她要留下最美好的一面，成为他心中完美的伴侣。

归心似箭，可纳兰性德终究还是碍于身份和职责，无法立刻赶回。于是，未能见妻子最后一面成为他心中永远的遗憾，而对亡妻的想念，久久缠绕着纳兰性德，不曾散去。

家，已经不再是曾经的家，身边的床铺也再没有了她的味道。犹如一场噩梦，他多希望自己能够快些醒来，多希望这眼前的一切都是假象，他恨自己还能够如此的清醒，越是清醒，就越是难以抑制对亡妻的思念。

望着亡妻的画像，纳兰性德低沉地唤她的芳名，祈求着自己心爱的她会从画中走出，如往日一样对他淡然地微笑，轻声地呼唤。然而画像依旧是画像，没有她的微笑，也没有她的呼唤。

再没了爱人的甜蜜陪伴，纳兰性德的心空了，曾经纯粹的灵魂变得麻木混沌。他如行尸走肉一般疯狂地写词，这是唯一能够发泄心中思念的方式，也是纳兰性德最擅长的方式。

提笔挥墨，一首《虞美人》跃然纸上：

春情只到梨花薄，片片催零落。夕阳何事近黄昏，不道人间犹有未招魂。

银笺别梦当时句，密绾同心苣。为伊判作梦中人，长向画图清夜唤真真。

他将所有对亡妻的思念融进文字，当本无生命力的文字浸润了真情实意，一切，都变得感人而辛酸。

那一片片洁白的梨花，仿佛是亡妻的幻影，像她一样洁白无瑕、秀美柔静。春风袭来，片片花瓣飘落，还来不及去欢喜，便落入了泥土之中。而他的妻子，还未曾与他白头偕老，便飘然逝去。

梨花飘落，人们还未来得及去欣赏它的美，便转瞬即逝，不复存在。而纳兰性德的妻子突然香消玉殒。他还有好多话要说，还有好多事情没有做，他要爱她、疼她、宠她，可是她，却已无法再给他机会了。

翻动银笺，那上面还记录着他们爱到情浓时，相互许下的誓言和亲密恋人之间最真切的情感；捧起曾经的那枚织成同心苣图案的同心结，双目被绳子的红色刺得生疼，那红色的同心，象征着爱情的坚固，可谁又知道，他们曾相许一生一世，以为可以陪伴在彼此的身边幸福地走完一生，却不承想，当中一人会先行离去。爱情坚固，生命却是如此脆弱。如今，逝者长已矣，昔日的一切象征甜蜜的爱情信物，如今都成了不忍再触碰的伤痕。

触景生情，是一种无法戒掉的折磨，扔之，于心不忍。观之，却又心伤。

自古以来，人人如此，纳兰性德也逃不掉这样的相思折磨。

没有爱人，生活便失去了希望，除了对着画像自言自语，纳兰性德实在不知道自己还可以做什么，还能够做什么。

他已被相思蚀了骨。

相思，一个听上去让人感到甜蜜又忧伤的词语，当它真正地落到生命中，便成为最难解的情毒。

世间难解是相思，疼也相思，醉也相思，泪也相思。相思的种子一旦入心，便会生根发芽，让人欲罢不能。而若是那份相思中又掺入了点愧疚，那便是无药可救了。

古往今来，多少痴男怨女承受着相思之苦，却没有人能够确切地说清楚，究竟是思念一个仍在世间的人更痛苦，还是思念一个不在人世的人更痛苦。然而，若是带着一丝愧疚的相思，那必然是对逝者的相思要大过对生者。毕竟，那人在世，弥补的机会便还可能有，而一旦那人不在了，弥补便再也不可能。

春夏秋冬，黑夜白昼，每一分每一秒都有新的生命降临，也有人永远地逝去。你不会知道，在此时此刻，某一个城市里，一对相爱的男女喜结连理；你也不会知道，下一刻，在一个不知名的地方，会有一对爱侣阴阳永隔。这就是时间的奇妙，也是命运的安排。弱小的我们无法预知下一刻的事情，我们能做的，就只有活在当下，珍惜眼前人。

5

人世间，不知有多少人对逝者怀有愧疚和惋惜，后悔自己当初没能多陪在对方身边，后悔自己曾经说过伤人的话，后悔自己顾此失彼，后悔自己不曾告诉对方自己有多么的爱，后悔自己不曾在病床前悉心呵护，后悔自己一时不慎令感情产生了裂痕……

与其事后悔不当初，不如当初便珍惜守护。珍惜与爱人在一起的时光，能付出的时候便付出，能陪伴的时候便陪伴，能投入的时候便投入。如此，便不至于在不能继续陪伴时后悔不已，不至于在感情无处可投时焦躁不堪，不至于在永远失去之后被相思折磨痛苦。

相思苦，苦在无法弥补。

数年后，纳兰性德终究还是承受不住相思带给他的折磨，撒手人寰，与世长辞。或许吧，死亡对于纳兰性德来说，是一种解脱。终于，他可以去找他心爱的女人了；终于，他不用再承受相思的痛苦了；终于，他可以不用孤零零地活在世间，独守那份属于两个人的美好回忆了。

面临死亡，纳兰性德变得轻松了，因为他终于可以去续那段未了的缘，去弥补曾经对她的亏欠。双眼迷离，仿佛，他看到了春日里的梨树，白色的花瓣飞舞盘旋，而梨树下，一个秀美的女子在痴痴地等待自己……

旧梦：嗟余只影系人间

自古以来，人们总是觉得才子配佳人的爱情才是最让人艳羡的，也是最完美的组合。男子才华横溢，女子美貌柔情，似乎这样的一对男女让爱情变得赏心悦目，而不仅仅是一种两人之间的感情。

如是，当才子陈师曾遇到佳人汪春绮，一场美妙的爱情便开始生根发芽。

的确，陈师曾是名副其实的才子，他善作诗文和书法，也精通绘画和篆刻。他被世人称为"全才"艺术家，当然，陈师曾最擅长的还是绘画。他是为绘画而生之人，不然，陈师曾便不会只因见到湖面的荷花开得美丽，便不由自主地用手指摩挲着轿板画起来。

似乎，喜好文艺的人都有着一颗感性的心。陈师曾也是如此。而对于这样感性的人而言，能在这世上得一知己，可以与自己畅谈文艺，分享心情感悟，乃是人生中一大乐事。如若这人能与自己朝夕相伴，将艺术与生活融为一体，令平淡的生活中充满艺术的气息，那便是世上最大的幸事。

当才子陈师曾遇到汪春绮的时候，这样的幸事便成了现实。

他们都是爱好文艺之人，也都深爱着绘画。她的出现，让陈师曾的绘画灵感犹如滔滔不绝的江水，丰满而清灵。陈师曾的绘画灵感多来自自然界，所创作的花鸟画皆以写意手法绘成，画中充满了自己的感情，且趣味十足。而汪春绮最擅长画梅，出自她手的梅花朵朵生机盎然，充满灵气，与陈师曾所绘的花有异曲同工之妙。

或许，这便是人们口中的缘分吧，妙不可言。绘画，让两个人相见恨晚，也加速了相爱的步伐。望着汪春绮绘画时的模样，陈师曾在心中便早已认定，眼前的这个女子便是他一直期盼遇到的人。

他们顺理成章地成了婚。将汪春绮娶进门后，陈师曾体会到了从未有过的幸福。平日里，他们也和其他普通夫妇一样，举案齐眉，恩爱有加。闲暇时，夫妻二人便会沉浸在他们艺术的小天地里，或是一起绘画，或是一起吟诗。每一次看着妻子轻蘸浓墨，在纸上看似随意地点几下，一朵梅花就栩栩如生地出现在洁白的宣纸上，陈师曾心里总会涌起一种无与伦比的甜蜜。

有时，陈师曾也会读些汪春绮不读的文史书籍。每到这时，汪春绮便会静静地坐到一旁，拿起绢帕和绣针，一边静静地刺绣，一边陪着陈师曾。温馨的院子里，温暖的阳光下，一对璧人安静地各司其职，偶然抬头相视一笑，那画面着实令人羡慕。

只不过，这样的幸福终究还是短暂的。甜蜜的日子不曾度过多久，汪春绮便疾病缠身。初病时，作为丈夫的陈师曾虽然担心，却还总是尽量想得乐观些，以为妻子不久就可痊愈。于是，他每日悉心地照料汪春绮，只盼她能快些好起来，重新回到夫唱妇随的生活中去。

然而，这不过是陈师曾的一种美好的想象，要离去的人终会离去。或许是上天嫉妒这样恩爱的神仙眷侣，便选择让汪春绮离开这个花花世界，离开自己的爱人。

这并不是陈师曾第一次经历丧妻之痛，然而相比于上一次，这一次的痛要重得多。汪春绮去了，他的灵感，他的喜悦，他的情，他的心，以及他的半缕魂魄也随着她去了。他将汪春绮的画像摆在家中，每天望着画像，唤着她的名字，对着画像诉说自己的相思，就像她不曾离开一样。

画像上的那个女子，眉眼中透着灵气，嘴角带着笑容，她的音容笑貌犹在，可她却是真真实实地离开了。心中的悲痛折磨着陈师曾，相思吞噬着他的心。

这一次，陈师曾拿起了最熟悉不过的笔，他不要为爱人绘画，而是选择用文字诉说自己的心情。望着亡妻的画像，陈师曾写下了《题春绮遗像》。

> 人亡有此忽惊喜，兀兀对之呼不起。
> 嗟余只影系人间，如何同生不同死？
> 同死焉能两相见，一双白骨荒山里。
> 及我生时悬我睛，朝朝伴我摩书史。
> 漆棺幽闷是何物？心藏形貌差堪拟。
> 去年欢笑已成尘，今日梦魂生泪沘。

心爱之人走了，只留下一幅遗像朝夕相对，如此，便每天都能看到她的模样，仿若她仍在身边。可是每当用心呼唤她的名字，向她倾诉满腹心事，却再也听不到她温柔的劝解，哪怕是轻轻的一声回应。

然而，像是演独角戏一样，陈师曾永远也得不到回应。那些曾经的海誓山盟，那些说好的同生共死，那些往日的温馨甜蜜，此时此刻，都在陈师曾的脑海中久久地盘旋不去。他是一个感性的人，也是一个执拗的人，他想不明白，为何命运捉弄，让一对爱侣阴阳永隔；为何偏叫她先走一步，留下他一人苟活于世，形单影只。

日夜思念而不得相见，这样的日子，可叫人如何过得下去？

想到这里，陈师曾便痛心疾首，思绪混乱。若是能随她同去，是否便好了？非也。真若如此，也只不过给墓中的白骨添了个伴儿，让它们可在墓穴中相依相偎，不至于太孤寂。而到了另一个世界，两人的魂魄想要见上一面都难，更不要说在黄泉路上执手相伴。

如若这样，不如将眼睛悬挂起来吧，好让他能够在来世看到转世后的妻子、与之再次相遇，相知，相爱，相守；看到她再次成为自己的妻子，日日陪在身边，一起研究书画史书，一起吟诗作对，一起在案前专心画梅。

可是一切都不过是幻想，现实还是残酷的。漆黑的棺材中，她静静地躺着，如同睡着了一般。她的眉清秀柔和，不施粉黛；她的鼻小巧精致，仿佛还有气吸；她的唇和眼轻轻地闭着，看上去那么安详，恍惚中她好像睁开了双眼，轻声呼唤着爱人的名字，回过神来，现实不过依旧一片安静。

如果幻想可以让自己不那么痛，那么陈师曾宁愿永远地活在幻想里。闭上眼，曾有过的那些快乐片段便出现在脑海中：时而是她坐在房中刺绣，静若处子；时而是她侧着头思索诗句，俏皮可爱；时而是她细细地在宣纸上勾勒梅花的形态，神情专注。

然，现实就是现实，幻想就是幻想，知己已去，活着的人总要接受现实，无论这现实多么残酷，多么痛苦。过去已成为回忆，无边无际的相思蔓延身躯，占据着陈师曾的心，也占据着陈师曾的灵魂。

世人说，人生在世难得一知己。何为知己？那是天定的缘分，是灵魂上的伴侣，是心灵相通的感应，是许多人可遇而不可求的奢望。在知己的面前，不需言语，只要一对视，对方便可知你心意。在知己的身边，从来不会感受到孤单。你眼中所看到的，对方也看到了；你耳中所听到的，对方也听到了；就连你所感受到的，对方也感受到了。

一生之中，能遇到这样一个人实属不易。就那么巧，这个人身上具有的品性，气质，都与你相同；就那么巧，这个人所说的话，刚好是你心中所想只是没来得及说出口；就那么巧，这个人一生最乐于为之的事,恰好是被你视作一生都不能放弃的事;就那么巧,这个人用来表达情感的方式,都与你相差无异。这样的两个人相遇了,怎会不互相吸引?于是,同性间涌起一种惺惺相惜之情,异性间萌生出一份浓浓的爱慕之意。

曾经,这样的爱情,陈师曾也拥有过。

它美好而甜蜜,神秘而美妙,这就是爱情。爱情来的时候,悄无声息,也不需要任何理由,它不停穿梭于一对对的男女之间,将他们缠在自己无形的红线中,然后悄悄地将线越拉越紧。于是,他们可以感受到对方的心跳,听到对方心里的想法,并发现那与自己的心如此相像。于是,他们越走越近,最后成为彼此生命中的一部分,除却生死,再也没有什么能将他们分开。

可也就是生死,让爱情不完全是甜蜜和美妙,还有伤痛和离别,以及那醉人的相思。

眼睁睁看着那个最懂自己的人渐渐远离这个世界,自己却无能为力,无法将那个人拉回到自己的身边,无疑是件痛苦且无奈的事。没有人愿意经历这样的事,也没有人承受得起这样的折磨。一想到那个满满占据了自己内心的人即将走到生命的尽头,自己仍要孤独地活下去,那种感觉,就好像经历了一场精神上的凌迟,痛彻心扉。

从今以后,陈师曾的心事再也无人懂,情意再也无人应。纵使一如往常般去写、去画、去作诗词,纵使仍能在这些事情中感到一丝丝满足,可是又有谁能来与他分享呢?那个人已经不在了,即使闭上眼还能回忆起她的音容笑貌,可自己的心声,她却再也听不到了。

这种痛,只有陈师曾才能体会,而作为旁人的我们,如果不是亲身经历,即便是再精确的文字,也描述不出那种相思的伤痛。

那是一种自然而生的相思,也是一种自然而生的伤痛,它会让人失神、绝望,甚至发疯。而追根究底,那相思实则是因为灵魂上的共鸣,那伤痛实则是对孤独的恐惧。人们不愿独自承受世间的风雨，不愿只身一人游荡在无穷无尽的空间里，冷暖只有自知，于是渴望遇到一个与自己灵魂相通之人，陪伴在自己身边，靠在一起相互慰藉，相互取暖。

从未经历过相思的人，永远也不会知道只能远望的伤痛；从未经历过思念的人，永远不会知道那伤感与沉痛的心情。原来，现在的痛痒也是一种转变过后的爱情。

时光荏苒，过去的伤痕早已抚平。唯有那缕缕的相思，还在无休止地纠缠。

聆听：地角天涯不是长

时光的隧道里流淌着一条叫作相思的河流，缓缓流逝，如梦如幻地笼罩着许多凄美的爱情故事。也许，我们无从知晓那条河流的源头，也许我们也永远找不到河流的尽头，但我们记住了那汩汩河水诉说的相思之苦。于是，逆着相思的河流，我们总会听到一种痛彻心扉的低诉：

> 楼上残灯伴晓霜，独眠人起合欢床。
> 相思一夜情多少，地角天涯不是长。
> 北邙松柏锁愁烟，燕子楼人思悄然。
> 自理剑履歌尘散，红袖香消已十年。
> 适看鸿雁岳阳回，又睹玄禽逼社来。
> 瑶瑟玉箫无意绪，任从蛛网任从灰。

男子与女子相遇，总是能生出许多枝蔓，那便是爱情在生根发芽。泪水涟涟，故事里的关盼盼不曾想到，自己与张愔的这株爱情之树的萌芽会如此的脆弱不堪，她也不曾想到，自己会经历世间最难解的相思之苦。

一切的温馨与痛苦都源于一场家宴。

唐德宗贞元年间，在徐州镇守的武官张愔举办了一场家宴，并邀请了许多宾客。家宴进行到一半，张愔便将关盼盼唤出，命她为宾客舞蹈助兴。

在古时，许多达官贵人家中都蓄养着一些青春貌美、擅长歌舞的女子以供消遣，并以此为炫耀的资本。这些女子被称为家伎，她们自小学习歌舞，只为长大后侍奉主人和宾客，为他们表演歌舞。家伎的命运往往十分悲惨，或被当作礼物送人，任人凌辱；或被主人收作侍妾，而后被正室欺凌。只有少数家伎比较幸运，能被收为侍妾并得到主人的宠爱。

无疑，身为家伎的关盼盼是幸运的。而这份幸运是张愔给予的。

虽为武官，但是张愔生性儒雅，待人有礼，喜欢诗词歌赋，也爱听曲赏舞。

那一日，命运安排他遇见了关盼盼。

因为因家道中落，出身良好的关盼盼被迫卖身为奴，恰好被张愔遇到。看到样貌清秀的关盼盼，张愔不禁心生怜惜，于是将她买回府中，又请人教她歌舞。张愔不曾想到，这个叫作关盼盼的女子居然在歌舞方面有着惊人的天赋。

于是，欣赏变成了喜欢，张愔将关盼盼纳为侍妾，对她极尽宠爱。情到深处，两人你侬我侬，羡煞旁人。

世间女子皆是多情，却也专情。多情，为的许是那样貌清秀、满腹诗书的才子，许是那腰系宝玉、为自己一掷千金的王侯；专情，却只为那风度翩翩、将自己视若珍宝的郎君。

多年后，张愔去世，葬在了洛阳。此时的关盼盼仍是那个年轻貌美、舞姿撩人的女子，许多对她垂涎已久的达官贵人都争先恐后向她提亲，想将她收入府中。

换作其他女子，兴许会迫不及待地趁自己容貌尚好，年纪尚小时再嫁，可关盼盼却是一个痴情的女子。她将所有世家子弟拒之门外，独自守在张愔徐州的旧宅里，每日思念着已故的张愔，一守就是十余年。无论别人许她多少荣华富贵，她都不曾动心，一心念着张愔的好，誓死不肯改嫁。

关盼盼虽只是张愔的一名侍妾，但她对张愔情真意切，而张愔对她也是百般宠爱。或多或少，他们的这份爱里带有着丝丝感恩，当初若不是张愔买她入府，她或许早就入了风尘，在凄惨的生活苟延残喘。

无论是感激还是怜悯，当爱情中的一个人远去之后，那些都已经不再重要了。

痴情的关盼盼就这样读着张愔同僚张仲素为自己所作的诗，守着自己那些美好的曾经，度过一个又一个凄冷的夜晚。

许多人曾有过诗中女子的爱恋，或许曾有过她那般的忧伤。沉积在心底的爱恋和忧伤，不需要点染，只这一首诗，便可以让一切情思从心中缓缓而出。

黎明来临，又一个清冷的夜即将过去。燕子楼上的房间里空空荡荡，只有一盏灯发着微弱的光。窗外下了霜，冷冷的寒气伴着屋内的冷清，让人心中很是难过。本应两人同眠的合欢床上，如今却只有一个孤单的身影，在微光中缓缓地坐了起来。

她还记得当初，两人生活恩爱，每日都是她为他铺好床铺，然后在他身边安然入睡。早上醒来，第一眼就能看见身边熟睡的面容，她的心里总觉得无比踏实，有时甚至会依恋被中的温暖不愿起来。而如今，床还是那张床，睡的人却少了一个，房间里的温度也降了下来，她只能为自己铺好床铺，静静地躺在上面承受着相思的煎熬。

夜夜无眠，只有相思。

只身躺在空荡荡的床板上，一躺便是一夜，时而流泪，时而叹息，直到夜色退去，才又坐起来。十几年了，这样的过程关盼盼已不知道重复了多少次。那曾与自己同睡合欢床的人，如今早已与她相隔得比天涯海角还要遥远，然而她还是没能放下这份情，夜夜辗转反侧，夜夜相思。关盼盼对旧爱的感情已经深到无法自拔，那相思自然也无法自控。

夜不能寐，关盼盼还是那个关盼盼，却也不再是从前的关盼盼。爱人离去，当初那个令众多世家子弟倾心的美女关盼盼也随他而去了。如今的关盼盼再无心思去轻歌曼舞，眼中也再看不到动情的流光。行走在人世间的，不过是一具空壳。

驻足远望，又是一年。看着远方飞来的鸿雁，关盼盼的心中想的却是沉睡在洛阳墓中的爱人。一行鸿雁飞过，那是张愔派来的使者吗？为什么飞来？是为了给自己带个口信，告诉自己他如今过得如何？

没有了爱人的陪伴，过得又能怎么样呢？此时的关盼盼是真的羡慕那成双成对的燕子，她多希望像空中的燕子那样，与相爱的人双宿双飞，而不是像现在这样，只能站在旧地徒劳地想。

徒劳，人去楼空，一切都是徒劳，可却又偏偏控制不住。关盼盼能做的，就只有相思，相思那些曾经的甜蜜和爱人的拥抱。

然而日日相思却不得解，便让这份相思变得漫长而痛苦。

相思啊，真是个奇妙的东西，它既能让人幸福，又能让人痛苦。它就像是个顽皮的精灵，随意地变换着，让人无法预料，措手不及。

于是，处于爱情中的人对相思的感受就变得有些凌乱，当两个热恋的人不得不暂时分开时，相思便是甜蜜的负担，期盼中，就连时间也会变得加快了自己的脚步，甚至快得让他们没有足够的时间卿卿我我、郎情妾意。然而，当天人永隔的时候，相思便成了痛苦的惩罚。余生孤寂，空守思念，这样的相思最可怕。

有人说，能让两个人在一起的理由有很多，而不在一起的理由却只有一个，那便是不爱了。然而，若是生死让两个相爱的人不能在一起，爱却还在，那该是怎样的一种痛？

爱人离去，徒留关盼盼一人承受着这种痛。她是爱张愔的，这种爱与张愔对自己的关怀不无关系。张愔生前对她百般呵护，她虽不能用同样的方式去爱他，却也会为他着想。于是，为了张愔的名声，关盼盼选择让相思折磨自己，让自己在相思的苦痛中日夜难眠。

曾经那个对自己甜言蜜语，山盟海誓的男子已经不再属于自己，曾经那段羡煞旁人的爱情，到头来曲终人散，只留下关盼盼一人还在原地等待、回忆……

情感世界中的道理，又有几人能看透？一段情，仍然在，可是那个人，却早已离去，连属于彼此的美好也随风而去了。

爱人永别，心就像是一座空城，荒芜了。那是一座自己走不出的迷城，它有着望不到尽头的阶梯，荆棘丛生。而她的爱，也摆脱不掉这样的残酷。

朝思暮想的人还是不能彼此拥有，用真心换真心。命运是如此无情，如此狠心，可是用情至深的女子却还依旧思念满满，爱之深，思之切。那份苦涩，那份甜蜜，直逼而来，让人无从犹豫与抉择。

骤雨还没有停止，狂风还不曾消退，然而黎明取代了黑夜。朝阳唤起的除了黑暗，还有那无穷无尽的思念，宛如那滚滚的江河之水，日夜奔腾，从不停歇。于是，诗句从心中涌出："楼上残灯伴晓霜，独眠人起合欢床。相思一夜情多少，地角天涯不是长……

轻盈哀怨，苦楚凄凉。这爱情里的相思味道，一切，唯有她知吧！

流年：终当与同穴，未死泪涟涟

不知道为什么，相思总是能成为爱情诗句里的主角，或许是因为世间的爱情都有不完美的一面，也或许，那些所谓的完美不过是故事里人们美好的愿望而已。

相爱，没有任何理由，只因为内心的小小悸动；相守，没有所谓的借口，只因为温暖舒心的紧紧拥抱。而相思，不过是爱情的产物。

而这一切都是因为爱情，

不期而遇，一见钟情。原本毫无瓜葛的两个人，因为奇妙的爱情而有了交集。至美花开，淡淡的香气掠过了少女那颗情窦初开的心。这突如其来的爱情，让那相思成灾的花季，更加的娇美柔情，摇曳多姿。

美丽、娴静、温柔的女子，有哪个男人能不钟情？痴情、勇猛、专一的男子，又有哪个女人能不痴心？

注定的，无法自拔，也不想自拔。这便是爱情的魔力。

在纯真的年纪里，梅尧臣与谢氏被爱情感染着，也感受着爱情的魔力。

不得不感叹，那些情窦初开的少男少女，心心念念想要拥有的甜蜜爱情，或许就会在不经意间，来到了你的身旁。爱情来了，一切都是那样清新，一切都是那样舒适。就像是乌云密布的天空，但唯独只有你的上方有着明媚的阳光；又像是泥泞不堪的小路，但只有你的面前是一条洁净的归途。

有些时候，我们不得不讶异，怎么爱情来得这么让人措手不及。是的，爱情就是如此，它不分场合，不分时间，它仅仅降临到两个人的甜蜜世界里。

于是，一次诗会上，梅尧臣遇见了谢氏，从此眉目传情，才华横溢的男子与温婉柔情的女子开始了属于他们的爱情。

就在那一年，那个诗会上，不足二十岁的谢氏芳心萌动，暗生情愫。情窦初开的少女心事，就好比那清晨露珠上的微光，晶莹剔透，闪烁不定。感受到爱情美好的她如愿披上了红色的嫁衣，成为梅尧臣的妻子。

谢氏虽自小家境优越，却不是嫌贫爱富之人。她自小受到良好的家教，知书达理，仪态端庄，且懂得治家之道。嫁入梅家后，谢氏每日悉心照料丈夫，用心打理家中大小事务，她将家中治理得井井有条。

人人都说梅尧臣娶了一位好妻子，而谢氏也确实是一位好妻子。梅尧臣开始相信，自己没有选错人。在梅尧臣的眼中，谢氏是这世上最好的女子，也是最美的女子。

岁月流逝，世间唯一的不变就是变化，人的年龄在改变，人的心在改变，就连容貌也在改变，而女人的容貌却又总是禁不住岁月的打磨。世间的琐事如同不肯怜香惜玉的风，不停在女子细腻的肌肤上留下痕迹，削弱她们的美。然而，在懂她们、爱她们的人的眼中，这些痕迹不但不会削弱她们的美丽，反而让她们看起来更加动人。

随着时间的流逝，谢氏的容貌上渐渐多了些成熟的韵味，作为丈夫的梅尧臣见了，非旦不觉得她美丽有减，反而觉得她更加动人。世间从来不缺美丽的女子，也不缺贤惠的女子，但是"美且贤"的女子却不常见。嫁为人妻的谢氏不但美丽，而且贤惠。她理解丈夫的事业，也尽心尽力地为家人付出。

时光，就在生活的琐碎里消耗，春去秋来，十七个年头过去，他们依旧是恩爱的夫妻。梅尧臣曾想过他们会这样平淡恩爱的度过第二个十七年，第三个十七年。可是，一切，都在庆历四年（1044年）戛然而止。

梅尧臣不曾想到，陪伴自己十七年的结发妻子会先自己离去，徒留自己一人孤单行走在人世间。

十七年的恩恩爱爱，十七年的点点滴滴，十七年的朝夕相处，让梅尧臣的心再无法承受爱妻离去的现实。他不敢相信自己的妻子就这样抛下了自己。夜晚，梅尧臣提笔，用文字诉说心中的思念和伤痛：

悼亡诗三首·其一

结发为夫妇，于今十七年。
相看犹不足，何况是长捐！
我鬓已多白，此身宁久全？
终当与同穴，未死泪涟涟。

时光啊，总是不肯慢下自己的脚步，十七年匆匆而过。曾经，每一天都能相见，可如今梅尧臣却仍然觉得没有看够。十七年，谢氏从少女成为妇人，可是她美丽的外表没有被岁月的风霜所摧残，反而更添了韵味，叫人怎么看都看不厌。朝夕相处，梅尧臣早已经习惯了看她每日出入厅堂，为家事忙碌，照料一家人的起居，也习惯了看她静坐在一旁，温柔地哄着怀中的婴儿。她是贤妻，亦是良母，任何时候的她，都仿佛拥有一团柔柔的光芒，照耀着周围的一切。

厮守终生，是曾经的承诺，可这承诺还来不及兑现，一对恩爱夫妻便分离了。

仿佛是失去了身体的一部分，生命里再没有了她的影子。从此，梅尧臣的世界变得孤寂而冰冷。没有了她的温度和照耀，世界一片荒凉。难以想象，没有爱情的人生该是何等的枯燥无味。无爱的苍白，就好像永远等不到春天的花朵，落寞、荒芜、空虚，直至枯萎死去。

我们不是花朵，我们需要用爱来支撑自己的人生，可是当那个心中的爱人永远离去的时候，我们该用什么支撑起自己的人生？

恐怕，也只有相思的回忆了。

娇弱的花朵最怕疾风骤雨的摧残，而伤心的人，也最怕相思的摧残。

相思的，是十七年的回忆，而诉说的，是长情的陪伴。

长情的陪伴，一个多么奢侈的要求。世人总说七年是爱情的期限。七年之后，熟悉的两个人，再也不会产生相恋时的新鲜和激情，而当年轰轰烈烈的感情也渐渐趋于平淡。于是，一些人开始对生活感到乏味和厌倦。他们开始渴望新鲜的事物，渴望和不一样的人相处。于是，"七年之痒"成为了一个让人恐惧的魔咒。

可终究，无论是新鲜还是刺激，这世间的一切激情最终都会归于平淡，而所有的爱情都会变成亲情。也许，你会感受不到爱情的存在，但其实，它只不过是换了一种方式而已，它开始变得低调，它开始不再频频出现在日常的语言中，甚至不会以社会上最流行的行为来表达，当彼此慢慢成熟起来的时候，爱情也会变得成熟而内敛。人们不再期盼用一句我爱你来向全世界炫耀，而是愿意将对彼此的感情融进行动里。似乎，这样的爱情更为真实。

爱情，不单单是情人节的玫瑰花、蜡烛和红酒，也是早起时餐桌上简单的早饭，是夜归时家中亮着的那盏灯，是穿过拥挤人群时牢牢紧握的手。

穿梭在钢筋水泥的都市，人们总是会渐渐地忘记自己当初是因为爱那个人，才会"执子之手"，想要和其终老。当生活日渐平淡时，他们便以为，爱不在了，也无须再爱了。甚至会认为婚姻生活中只有琐事、争吵、抱怨、冷落，而没有爱。

但其实，抹杀爱情的不是时间，是猜忌；撕裂爱情的不是距离，是伤害；切断爱情的不是空间，是误解。是我们忘记了欣赏、信任、感激、理解和包容，才会在无意之中把爱情弄丢了。

或许，梅尧臣也渴望能与爱人在白发苍苍的年纪牵手散步，品茶聊天，或许在现代的都市里，人们都羡慕着这样平淡相守的爱情。千百年来，多少这样弥足珍贵的爱恋成就了唯美的故事，流传至今。可毕竟完美只存在于故事里。只愿在那个纯净的世界里，痴情的男女能够再一次牵起彼此的手，度过一个又一个岁月，不仅仅是十七年。

极致：十年生死两茫茫

十年生死两茫茫，不思量，自难忘。千里孤坟，无处话凄凉。纵使相逢应不识，尘满面，鬓如霜。

夜来幽梦忽还乡，小轩窗，正梳妆。相顾无言，惟有泪千行。料得年年肠断处，明月夜，短松冈。

多少年过去了，苏轼的这首《江城子》依旧清晰地印在脑中。每一个静默无声的孤寂夜晚，心中默诵这首让人垂泪的词，都难免让人黯然神伤。

黯然神伤的是相爱后的分离，是离别后的相思。时光的隧道里，那个才华横溢的苏轼依旧是俊朗的模样，默默无声地站在光亮的那一点，可是他心中的爱人却已经悄然远逝，那个出口便成为一个人的死亡的出口。

时光轻浅，那些珍贵的回忆依旧深刻地镌刻在心中，而记忆中的苏轼还不似现在的忧伤模样。那时的他，风度翩翩，器宇不凡。而那时的她，貌美如花，蕙质兰心。

如此天造地设的一对，直叫人感叹，原来爱情能够让人如此美好，原来爱情中的男女可以如此般配，仿佛是神话中爱情故事里的男女主角，只不过神话故事成了现实。苏轼与王弗在现实的世界里抒写着属于他们自己的故事，一个叫作爱情的故事。

才子佳人，顺应着两颗心的的感觉，喜结连理，在那个时代里飞旋流转。那一年，苏轼十九岁，王弗十六岁。情窦初开的少男少女刻画着爱情里彼此美好的样子，只不过，故事的发生顺序有一些不同，因为在定下婚事时，苏轼还并不认识这个未来会让自己伤心的女子。

其实在婚事刚定时，苏轼正欲进京赶考，并无娶妻之意，也并不认识这个叫作王弗的姑娘，只不过在偶然间见过王弗的父亲王方一面。对于这桩婚事，不过是古往今来最让人熟悉的父母之命、媒妁之言。

就在苏轼考中进士，想要回家报喜的时候，却意外地接到了母亲去世的消息。噩耗传来，苏轼不得不匆忙赶回家中，为母亲办了丧礼。也就是在这个时候，苏轼第一次与王弗有了接触。

或许，人在最脆弱的时候，需要的不是多么柔情的语言，而是简单的一个拥抱，一个坚定的眼神，一个默默陪伴的身影。可以不用言语，就能够知晓一切的默契。这样的默契与温柔，王弗全都给了苏轼。而此时的苏轼也才知道，原来世间真的有如此美妙的女子。

四目相对，心手相牵，苏轼与王弗早已成为彼此生命中的一部分，再也无法分割，也无法取代。

从古至今，男欢女爱的故事实在是太多太多了，可不被家人认可的爱情也实在是太多太多了，那些得不到家人祝福的爱情，到头来往往都是以悲剧收尾。在不被看好的爱情里，或是男人伤心，或是女人伤心。一颗心，无论怎样，被伤过就很难再愈合。

不得不说，爱情想要完美，遇到的时间与人都是至关重要的。在错的时间遇到对的人，在对的时间遇到错的人，无论是哪一种爱情，都注定会是悲剧。我们不能说悲剧的形成就是爱情的错，只因为他们爱上了不该爱的人，开始了一段本不该开始的爱情。

不得不感叹，苏轼与王弗爱情始于父母之命、媒妁之言，却还能够两情相悦，是天作之合，完美无缺。

爱情的开始总是美好的，但命运不会让这样的美好一直下去。牵手十年，苏轼终究还是要面对王弗逝去的残酷现实。

十年的静静陪伴，十年的默默守护，十年的恩恩爱爱，十年里的一切都在王弗逝去的那一刻，画上了一个句点，成了封存历史中最让人不忍触及的一面。

岁月流逝，相思成灾。在没有王弗的日子里，思念成了苏轼生命中的主旋律。

挥毫泼墨，苏轼带着心中永远无法弥补的伤写下了《江城子》。心中的那个她永远地离开自己，也只能让一首词安慰思念的心。每每绝望的时候，这首词便成了救命的稻草，低吟轻读，一字一句，痛彻心扉。每每念起爱人的名字，每每写着这些字，每每念着这首词时，总是想起曾经与爱人的如胶似漆，仿佛她就在眼前，一脸期盼，一脸沧桑。

一首相思词啊，不知道究竟读了多少遍，可无论怎样，也无法让苏轼逃离出相思的煎熬。那无穷无尽的相思之情，就像一幅水墨画，渲染了那些浓浓淡淡的情愫，越是在那不着点墨的地方，越是意蕴悠长。

一个人承受煎熬的日子，需要多大的忍耐力，需要多强的意志力啊！夜深了，这个世界都睡了，可他却醒着。时常，辗转反侧，有时从噩梦中惊醒或哭醒……他憧憬着，某一天，自己可以安心地睡在她的怀里，再也不用胡思乱想，沉沉地陷在美好的梦乡里，只因有她。

然，醒来时，依旧是孤零零的一个人。或许他们只有在梦中才能相见，王弗去世后，苏轼不止一次梦到她，每一次的梦都让他欣喜却又心痛。喜的是能够重温爱人的音容笑貌，痛的是这一切都只是梦境。这一梦，就是十年。

十年，三千多个日日夜夜，每一天每一夜，苏轼都竭尽全力让自己不再想她，可一颗心却总也不听话，难以将她遗忘。闭上双眼，苏轼不断地告诉自己，心中的爱人已经去了另一个世界，她带走了属于他们的一切，也带走了他的心，只留下千里之外的一座土坟，孤零零地站在那里。

深夜里，苏轼又一次梦到了他们的家乡，朦朦胧胧之中，他仿佛看到了王弗正在小窗前，对着镜子梳妆打扮。那一面镜子成为两个人交流的媒介，静静地凝望着彼此，明明相爱的两个人却说不出一句话来。

就这样望着，望着，直到双眼被泪水打湿，直到已经看不清彼此。

那葬着王弗的短松冈，早已成了让苏轼年年相思断肠的地方。

问世间，情为何物，直教生死相许？相爱的人总希望与对方一生一世，却忽略了他们生命的长度并不一定相同。除非共同遭遇不测，否则，必然要有一人先离开，留下另一人独自哀伤。

这种哀伤的程度有时重，有时轻，有时长，有时短。都说相爱越久的人越难从这种哀伤中走出，因为对他们而言，他们失去的不仅仅是一个爱人，还是一个与自己承载着共同记忆的生命。其实也不尽然。若是相爱得足够久，久到数十年，久到两人从活力无限变成步履蹒跚，这哀伤反而不会那么重了。因为到了这时候，两人都知道自己的时间所剩不多，随时都做好了准备与对方告别。

所以最难让人承受的，其实是英年早逝，是红颜命薄，是所爱之人明明风华正茂却一夜之间凋零。就像一朵鲜花，在开得刚艳时便被人摘下，还没来得将自己的美丽释放到极致，就不得不面临香消玉殒的命运。这种突如其来的噩耗总会让生者心中充满不甘，有很多人便是因为深爱的人突然之间离开人世，承受不了这种打击，才会想要了却残生，追随对方而去。

相爱十年，爱早已成了习惯。习惯了悲伤时的倾诉，习惯了寂寞时的陪伴，习惯了快乐时的分享，习惯了激动时的疯狂。这样的习惯，想在突然之间就改变，对谁而言都会非常困难。离开了熟悉的人，却离不开熟悉的环境，身边到处都有那人的影子，有两人在一起时的记忆，无论开心的、难过的，此时都是珍贵的，值得回忆的。

我们应让悲伤有一个终点。想一想那个离我们远去的人，若他在另一个世界看到我们放弃了自己，放弃了生活，深陷于悲伤的情绪中难以自拔，难道他会觉得开心吗？不，不会的。人们爱到情浓时，常喜欢说要一生一世，同生共死，而当他们真的不得不先爱人一步离开人世时，他们却都希望爱人可以继续活下去，并且好好地活下去。

仍然留在这世上的人，若你真的爱那已失去的爱人，不如，就随了爱人的心愿，好好地活下去吧。别再让自己被悲伤淹没，整日以泪洗面，低迷不振。抬起头，看着天空，天仍是蔚蓝的，云朵仍是白的。想一想，那是逝者正在凝望着你，祝福着你，嘴角露出浅浅的笑。

钟爱：曾经沧海难为水

曾经沧海难为水，除却巫山不是云。

取次花丛懒回顾，半缘修道半缘君。

曾到过沧海，再去看其他的水，便都难以被其吸引，只因那沧海的辽阔是任何一处水都无法比拟的；去过了巫山，再去看其他的云，便都难看出美丽的景色，只因那巫山的云在霞光之下太美，将世间任何一处的云都比了下去。

这便是爱，没有理由的爱，没有理由的选择，这是命中注定，也是心之所想。

八岁前，他享尽了父母的宠爱，整日无忧；八岁之后，父爱抽离，他却只能与母亲相依为命，过着辗转颠簸的日子。

他是元稹，诗情动人的旷世才子。

同其他故事中的才子一样，年少的元稹聪慧过人，刻苦努力在某一天，他遇见了自己心仪的姑娘。

二十四岁那一年，对于元稹来说是不平凡的一年，因为那一年，仕途上，元稹升为校书郎，而爱情里，他与韦夏卿的女儿韦丛喜结连理。

穷小子遇上富家小姐，这样的爱情并不被人看好，根深蒂固的思想里，人们总是觉得爱情需要门当户对。而元稹与韦丛却将这样的思想彻底颠覆。元稹依旧是那个贫穷的青年，而韦丛也依旧是出身名门的大小姐，只不过，她虽自小锦衣玉食，极受宠爱，但是嫁与元稹后，她安贫乐道，毫无怨言地跟随着元稹，过着清贫的日子。

吃不到山珍海味，吃糠咽菜也甘之如饴；穿不到绫罗绸缎，麻布粗衣也穿得开心；无论家中多么清贫，都能够不离不弃，无怨无悔地陪伴在丈夫身边，整整七年。韦丛便是这样一个女子，出身名门却不贪富贵，通晓诗书又懂得持家，教元稹如何能不爱她？

得此贤妻，元稹心中甚是欢喜，于是他将全部的精力都用来准备科举考试。他想要通过科考来改变当时清贫的窘境，他想要给妻子一个安稳的家，一个幸福的生活。

然而天不遂人愿，韦丛并没有等到那一天。就在元稹快要飞黄腾达时，韦丛因为过度的操劳和辛苦病逝了。

痛苦将元稹的心塞得满满的，压得他快要喘不过气。他无法相信那个如此温柔体贴的妻子，那个陪伴他走过最艰难日子的人，就这样离开了他。他既惋惜，又痛心，又愧疚。惋惜的是她还那么年轻，痛心的是自己对她的爱还在，愧疚的是结婚以后，自己没能给她幸福的生活。

人已去，情还在。守着回忆，元稹度过了一个又一个孤独的日子。多年后，元稹还会时常思念她，梦到她。在梦里，她仍然那么年轻漂亮，只是每当他想要牵她的手时，她的身影就渐渐变得淡了。梦醒之后，空留哀叹。

无论是沧海、巫山，还是花丛，与元稹对韦丛的爱相比，都是如此渺小。弱水三千，只取一瓢，尽管爱人已经离世，可是那份情却依旧坚贞不渝，而也正是因为有了这分坚决，世间其他的诱人景色在元稹的眼中才会变得黯淡无光。

一首诗，让"曾经沧海难为水，除却巫山不是云"成了绝世佳句，一段情，让元稹的心支离破碎，只能让往日的回忆来麻痹自己，苟延残喘于世间独行。

爱情让人痛苦。如果今生不曾遇见你，是不是就可以平淡地过下去？如果当初不曾深爱过你，是不是在失去时就不会痛心不已？

品尝过爱情的男女大抵都尝过相思的滋味，而那些还没有经历爱情美好的人，也总是期盼那一日的到来。他们总是想要亲身经历一下、看一看人们口中的爱情是不是真的让人可以不顾一切、奋不顾身。于是，幸运的人，会与爱人执子之手，与子偕老，赞美爱情的忠贞长久；而不幸的人，便会觉得所谓的爱情，不过是过眼云烟。

对于元稹来说，他是幸运的，也是不幸的。幸运的是他曾经感受过爱情带来的美妙；不幸的是，这样的美妙短暂易逝。但至少，他也曾拥有过。若是能再选一次，他还是宁可接受如今的痛，也不愿将她错过。

这样的选择，元稹不后悔，只是，孤独无助的他不知道该怎样一个人与难捱的相思抵抗，也不明白，为何相识、相爱、相伴之后，面对的结局却是永别？

世间痴情的男子不止元稹一个，而世间悲伤的爱情也不止这一段。许多人在失去挚爱之时都会忍不住这样问，却得不到一个满意的回答，任泪水流淌在脸上，冲出一道辛酸的痕迹。

尝过了世上最好的美食，再吃什么都味同嚼蜡；听过了世上最动听的曲子，再听什么都欠一些感觉；爱过了世上最好的人，即使有别的选择，心中也不会产生波澜了。

曾经沧海难为水，这是爱情的坚决，也是命运的无奈。常有人在失去后痛哭，口中埋怨着"若是早知有此结局，又何必当初相"，然而心里对那些经历却仍是珍惜的、眷恋的。若是真的有机会重来一次，他们的选择必然是相同的，即使所选的那个人并不是世上最好的。所以，才会有那么多的痴情男女将"曾经沧海难为水，除却巫山不是云"当作是自己爱情的忠贞信仰。

难以放下的感情，难以忘记的回忆，归根结底，是因为有过特别的经历。因为真真切切地感受过那人的好；因为两人曾一起度过最艰难的时光；因为在最痛苦的时候，那人送来了最需要的安慰；因为在最虚弱的时候，那人扶住了自己快要倒下的肩膀。

爱情之中若只是风花雪月，虽然甜美，却无法历久弥新。时间久了，再想起那些甜美的往事，心里即使有喜悦，却也欠缺了点东西。若是两人共同面对过坎坷，那份情，才是坚不可摧的。无论何时想起，心中的感动不会灭，再看那人，即便容颜尽失，也仍是眼中最美的风景。

沐浴阳光，享受生活，人们常说爱情就是要"同甘共苦"，可事实上，同甘易，共苦却难。有多少相爱的人正是因为无法"共苦"，才会没能走到最后，才会让世上多了"夫妻本是同林鸟，大难临头各自飞"这样一句冰冷的话。

世事变幻莫测，风雨随时降临，当天空中不再是明媚的阳光，空气中弥漫着巨风和狂沙，那个能一直陪伴在你身边、始终不放开你的手的人，才是真正爱你的人。

最好的爱情是相伴一生，最好的相伴是同甘共苦。那爱得轰轰烈烈，整日你侬我侬，甜得发腻的感情，若是一遇险境就化作了灰，风一吹便散，就不是真正的爱情。那爱得平淡似水，整日柴米油盐，习惯成自然的感情，若是能在灾难中撑起两人的天空，便是最难得的爱情。

第二章

心念：落花有意水无情

说来就来的爱情，就好比春天的气息，在你还没有察觉的时候，便悄悄来袭。也许你会在某个瞬间感觉到它的存在：原来，它已经来过了。于是，空留相思，惹人烦恼。相思虽苦，但若是两情相悦，便是苦中带点甜。身处异地同相思，纵使不得见，难得有情郎。若只是一人思，另一人知之却不思，又或全然不知，这相思的苦味中便又生出一点酸来。

牵挂：相思树底说相思

少小离家，多年不曾回。久了，故乡就有了别样的意味。每当想起那片熟悉的土地，体内的血液就不由得泛起了波澜。那故乡，仿佛像久别的爱人般，令人无比向往。

一艘日本客轮的甲板上，他满目愁云地望着远方。他知道，在那看不清的地方，有着他数年前便想去的地方，如今，他终于可以去那里了，然而这世界却已然不同了。如此想着，一种无奈和悲伤涌上了他的心头。

他是梁启超，也是维新派的代表。客轮上的他望向那个叫作台湾的地方，深情且专注。这一路，他无数次想起过去几年的辗转，再想到自己多年想要考察台湾的愿望终于要实现，他百感交集，而更多的是喜悦和激动。

梁启超的到来受到了台湾同胞的热烈欢迎，却也引起了日本殖民当局的高度警惕。所幸的是，在林献堂等爱国志士的陪同下，梁启超终于考察到了台湾真实的情况。

如此，梁启超的心中变得明朗，原来台湾并非如日本报刊中所描述的那样，百姓安居乐业，生活幸福。他所看到的台湾，是那么令人心酸与悲痛，许许多多的台湾同胞整日受到日本殖民者的压迫和欺凌，他们无家可归，每天生活于水深火热之中。

眼见为实，那一刻，梁启超的心中彻底地明白了日本报刊所刊登的一切都是过度美化的"事实"。想到大陆的许多人被他们的花言巧语所迷惑，真的相信台湾人民在殖民政府的统治下"乐不思蜀"，而台湾同胞虽一直眷恋着大陆，却又无奈于殖民者的看管和施压，不得释放心中对祖国的情感，他不由得叹了口气。

他是一个心中充满大爱的人，对于老弱妇孺更加同情、关爱，只是他心中的想法不被世俗所认同。他只想尽己所能，让这个世界变得温暖，只有他知道自己心中的苦闷。

苦闷积压，梁启超开始寻找释放的出口。

而诗词，成了他发泄的出口。

心中一动，梁启超作了十首诗，起名为《台湾竹枝词》。

读过这组诗的台湾同胞，纷纷落下了眼泪。诗中流露出的那种依依不舍，不正是他们此时的心情？在他们之中，渴望回到祖国的念头已不知萦绕了多久，他们时刻盼望着殖民者可以离开他们的土地，还他们一片清净，他们也时刻盼望着祖国能够早一天将他们接回，让他们不再是无人怜爱的孩子。

当梁启超出现的那一刻，他们看到了希望，他们感觉到祖国并没有放弃他们，他们乐于与梁启超接触，愿意与他倾谈心事。而对于台湾人民的热情，梁启超既感动，又难过。他也希望自己可以帮助这里的人民，可是整个中国都处于风雨飘摇之中，凭他一人之力，如何才能救台湾人民于水火，他实在不知。

十几天的行程很快就结束了。离开台湾的那天，梁启超满腹惆怅。他感到无限的失望，那是对清政府的失望，然而他不能将这种失望带给台湾的同胞们，他要做的是给他们带来希望和光明。可是，他无能为力。于是，惆怅生成了相思，落在纸上，成了诗句：

相思树底说相思，思郎恨郎郎不知。
树头结得相思子，可是郎行思妾时？

　　站在相思树下说着相思，可是这相思只有自己知道，越想越伤神，便开始生出丝丝恨意。恨只恨他的不解风情，不懂自己的心思。恨只恨他明知自己的心思，却又装作一无所知。

　　嘴上说恨，实则还是爱。若没有爱，又哪里来的恨呢？所谓的恨，不过是因为她不被理解，没有得到回应，没有看到希望，于是由爱生恨。

　　爱情的相思得不到回应，便只能将希望寄托在相思树上。愿那树上结出了相思的果子的时候，那人就会想自己了。

　　当一颗天生就怀着浪漫多情的诗意般的心与相思浓情碰撞时，就连那原本没有实体的思念都可以变得触手可及，仿佛一如既往的真实存在。世间的一切都是偶然的，美好的爱情也是偶然的。

　　当然，爱情里并不全是相思，而相思也并不全是因为爱情。

　　当女子对心上人的单相思落入到了梁启超的笔下，那种相思便无关乎爱情，而是深切的爱国之情。

　　在关于相思的爱情故事里，我们总是能看到那些美丽女子的身影，或是嫣然一笑的温柔女子，或是明眸善睐的妩媚女子，或是站立风中的执着女子，或是奔放明朗的活泼女子。她们的痴情，成就了一首首关于相思的诗。诗中那一个个朦胧的画面，一个个纤纤的身姿，让我们朝思暮想，沉醉迷恋，而她们身上所承载的放纵年华和豆蔻青春更是我们梦寐以求的往日时光。似乎，相思成了女子的专属。

　　女子的相思温婉缠绵，像细细的水流，不断轻轻地抚摸着岩石，状若无意，久了，却能将岩石的棱角冲刷得光滑。这样的柔情的相思，也恰好是台湾同胞对祖国的相思。女子的相思延绵不断，像细细的丝线，一层又一层缠在心上，越缠越紧，让整颗心越发感到憋闷，想要挣脱却很难。这样的情绪，难道不也是海峡另一边的同胞们思念家园的心情吗？

于是，当大陆成为多情的男子，而台湾成为痴情的女子，一首关于相思的诗便多了些打动人心的细腻。细腻之中，是另一番孤单的滋味，那不是男女之间的小爱，而是祖国的大爱。只是这样的爱，无论大小，都是孤单的，是寂寞的。

的确，一个人时，心中有的只是寂寞的相思，是无尽的想念与牵挂。而一旦心里有了想念，那寂寞就成了孤单。寂寞是一种感觉，孤单却是一种心情。寂寞是冷清的夜里轻轻吹动窗帘的风，孤单却是开着灯的房间里躁动不安的心。

然，越是孤单，就越是想念；而越是想念，就越是孤单。思念难耐，相思之情便油然而生。而不被对方知晓的相思最为磨人。

我们会在不知不觉中爱上一个人，对他思念不止，而他却丝毫没有感应。每当这个时候，我们的心里自然会有一些酸楚，若是那人身边还有其他人占据着我们一心想要占据的位置，我们心里的酸楚就会更浓。

若真的想要拥有，何苦只是相思，而不将这相思传递到那人的心里呢？也许会被拒绝，但如此一来至少可以给我们一个结果，再无须只是想着，念着，猜着。被拒绝的痛苦是一时的，这样的痛苦总胜过在漫长的相思中饱受折磨。与其相思，不如明白地说出口，又或者，结果不是被拒绝呢？

余温：有情何似无情

有的人生性腼腆，心中情感百转千回，却怎样都不肯吐露心声。这样的情，并不是女子的专属。若是心地纯良、生性腼腆的男子动了情，只怕那脸更是红得像枝头的苹果般，羞于说出一句爱。

司马光，便是这样的男子，一个羞于表达的男子。

时光流转，司马光从一个呱呱坠地的婴孩长成一位十五岁的少年。年少轻狂，司马光不肯接受皇帝赐予的闲职，选择了寒窗苦读。二十岁的他凭自己的努力和才华考取了进士。

在司马光心中，能为国效力便是自己一生不应辜负的使命。于是那一年，风雪交加中，他携妻带子，奉命去边塞镇守，而这一去就是数年。

此后，司马光因反对新法而担任了十五年的闲职。十五年的光景，空有报国心而无处施，着实苦恼了一阵。幸而朋友的相劝和自然的生活让他渐渐恢复了初心，于是，司马光开始爱上这平常自然的生活。

十五年，他开始习惯了普通百姓的自然生活，而这十五年，他也失去了自己的妻子。生活虽然平静，可总觉得少了一些让人思念的东西，直到她的出现。

那一日的酒会上，歌舞升平。舞女们挽着形态各异的发髻，有些如巍峨瞻望，有些如燕尾轻扬，有些温文尔雅，有些富贵张扬，千娇百媚，皆有韵味。然而，唯有她与众不同，头上的云髻松松地挽着，随性却不凌乱，搭配着淡淡的妆容，美得那么自然。

清水出芙蓉，天然去雕饰。舞者不可素颜，于是她也只在脸上擦了点淡淡的铅粉。这妆容明明是低调的，可她那清新淡雅的妆容令她看起来格外突出。

那罗衣的颜色也是浅浅的，毫不张扬的，淡淡的一抹绿。罗衣质地轻盈，衣角随着她的行走轻摆，远远望去，好似青烟翠雾般笼罩着她。她舞动的身姿，使罗衣在她身边上下浮动，好似柳絮在风中飘散。

她从厅后走出，没有精心打扮，一举一动也皆是无意，却令人见之心生爱意；她从人们身边走过，安安静静，不曾刻意吸引谁的注意，却令人心中生出了久久的相思。早知如此，莫不如不见了，若是不见，如今就不至于为她痴心一片。早知如此，不如做个无情之人，若是无情，就不会被这样的感情纠缠。

笙歌停了，酒会散了，人去堂空，那女子的身影却深深地留在了脑海里，那样一种相思之情，却深深刻在了心里。酒会上，虽有相思之苦，好在有酒可饮，有喧闹可将这样的情绪冲淡。待到酒醒，只有一人时，这些都不在了，相思之情就又涌上心头来了。追忆，怅惘，也都随之而来了。

分别时的心境是复杂的，是难以言表的，是不可名状的。倘若面对的是一位娟丽少女，那份相思的心境则会更加复杂。

自古美女就是男人眼中的尤物，只看一眼便会心思翻动，如若再有感情纠葛，离别时就更加难舍难分。美人如花，日日相见日日新，可分别之后，还会有新人新景新情吗？

与这样的女子惜别，总是会让男人黯然神伤，但司马光却将所有的眷恋都汇聚在了含情的词句中。

> 宝髻松松挽就，铅华淡淡妆成。青烟翠雾罩轻盈，飞絮游丝无定。相见争如不见，有情何似无情。笙歌散后酒初醒，深院月斜人静。

用心地看，用心地读，想要在这一刻将女子的素颜深深地印刻在脑海里，成为深刻的记忆。一遍一遍，用目光诉说自己的情，自己的意。细细品读，一字一句无不诉说着深浓的情意，这情在眼里，在心里。

这样的女子，娇羞可人，含情脉脉。温婉柔媚，只适合拥在怀里，疼惜她，爱护她，守护她。

这样的女子，风月场合里有了妩媚，但却又保留一份青涩，初陷爱情，但又涉世未深。

这样的女子，着实是恰到好处的尤物。纯情而不失妩媚，多情而略有羞涩。

离别将至，抬眼深情凝望，眼中是她的影子。痴心成愁，都是因她，都是因她。

不曾使用过多笔墨，只是简单地写了她的打扮和舞姿，却令人们眼前一亮，原来在司马光的笔下，一位身陷风尘的女子可以如此清新脱俗。正是此女浑身散发的那种"不俗"，才让人对她格外着迷。

司马光的含蓄让他没过多地渲染自己对那女子的思念有多深，或因见不到她而感到有多痛。然而却依旧让人觉得深情，只因一句"深院月斜人静"给人以遐想，让人仿佛感觉到了他内心的孤寂，那样深情，又那样不落俗套。

含蓄，让人有着羞于表达的美好，而也正是因为不如大胆表白那样直接，含蓄总是会给人无限遐想。有人认为司马光词中所指实为他曾经的妻子，所描写的是他对妻子羞于明言的爱恋；有人则认为该词是司马光被外放时，对自己不被理解的境遇有感而作；还有人认为这是司马光在妻子身故后又遇到了令他心动之人，却不敢对其倾诉，所以作了此词。

司马光作此词时的真实想法我们不得而知,但无论他是出于哪一种想法,他所表达的感情确实是率真的,那种相思而不得见的孤寂也是真实的。

相思而不得见,与其相见,不如不见。这样的情感究竟要在何时才会产生?

是无奈吗?一如一些人所说,既然无缘相守,又何必相见呢?那人对自己毫无感觉,或是已有所爱,又或是两人相爱却因种种阻碍不能在一起,见了,只是徒增伤心罢了。看着那人在没有自己的世界里幸福地生活,看那人与他人恩爱相伴,都是一种折磨。即使看到那人并不幸福,心里也同样会感到心痛。

是逃避吗?如一些人所说,在最美好的时刻分离,永生不再相见,便可只记得那最美好的时刻,记得那人最美的样子。如此一来,无论那人因岁月的变迁而失去了当日的容颜,还是被生活的琐事磨灭了曾经的优雅,都不会破坏那人在自己心里的样子。就当那时的一切都是凝结在松脂中的标本,就让那段记忆成为一颗晶莹的琥珀,时看时新,永世不变。

是洒脱吗?如一些人所说,世事无常,相遇便是有缘,经历过便是可贵,何必为了不舍一时的结束而强留?感情注定要结束,强求也无用,不如就让它结束。然后,转过头,轻松地迈步,离开这个地方,去迎接新的缘分。拼命挽留,反而破坏了氛围。距离不代表分离,顺其自然也是美事一件。

与其相见,不如不见,这样的情感让人心生纠结。世人都盼能与爱人两情相悦,共度朝夕,偏又有那么多人爱已断,缘已散,却仍放不下一往情深,剪不断相思。时间往往就在他们这样纠结的情感中逝去了,蓦然回首,已是暮年。

有的人背负了太重的相思，只得低着头走过每一段路，错过了身边更美的风景，也错过了更爱他们的人。有的人慌忙地逃难，一路匆匆忙忙，跌跌撞撞，一不小心把自己摔得满身是伤。有的人淡然地对过去微笑，轻松地继续前行，偶尔也会回想，却更喜好随遇而安，终于在另一个风景如画的城市遇到了新的缘分。

或许，这就是相思带来的奇妙。或许有些时候，顺其自然地生活，顺其自然地想念是最好的选择。那些不甘、不舍、不情愿，不会在想念中根深蒂固，反而会在不知不觉中变得清浅而渺小，最终成为一颗小石子，尘封在心底。

遥远的历史，我们终究是不能还原现实，也不能亲身去体会司马光的羞怯和含蓄，更不能去看一看如百合一样的女子。而彼时的耳边，只有那首《西江月》还在萦绕不绝。

懵懂：才会相思，便害相思

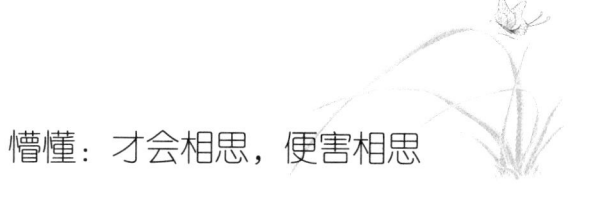

平生不会相思，才会相思，便害相思。
身似浮云，心如飞絮，气若游丝。
空一缕余香在此，盼千金游子何之。
证候来时，正是何时？灯半昏时，月半明时。

思念之心，是茫茫红尘最美的一处圣地。那里最让人留恋的不是山山水水的记忆，而是与爱人朝夕相处的那份温馨。离开爱人之后才知道珍惜相聚的时刻，年少岁月，我们并不懂得一份真挚爱情是需要经过生活残酷的考验才能留得的。当爱情进化为亲情，思念之余，我们更多了一份无私的付出。

只有经历了生死才知道生命的可贵，只有经历了战乱才知道和平的美好，只有经历了爱人的别离才明白相思的苦役。而相思之事，却也真的很是奇妙。它常常在人还未意识到时就已经开始，教人欲罢不能。细细绵绵的相思情，就像是一股清泉，缓缓地流淌，有点痒，又有一点甜。

透过诗经中的质朴诗句，无须点缀，无须修饰的句句诗歌，亦能让我们感受得到那种无法言喻的苦楚。穿越千年时光，踏过岁月的节点，也许你也在等待一个即将归来的人，也许你也在服着思念的劳役，想要为心上一把锁，可是却不能阻止脑海中那个身影的出现。

缘分拉开了爱情的序幕，而我们却不曾想到，自己要将无期的思念贯穿始终，演绎到底。无论是古人，还是今人，无论是古老封建的时代，还是繁华先进的现代，我们都难逃相思的苦役，我们依旧会因为生活的种种原因而背上行囊，去到陌生的地方，从此拉开了天涯海角的距离。纵使我们有网络和电话，可是声音带给我们的总不如触手可及那样真切真实。

这样的相思苦，徐再思也曾真真切切地感受到。或许，身为元曲作家的他会比我们感知得更细腻、更真切。

没有人知道他确切的身份年龄，但是他却有很多的作品流传于世。他的作品风格清丽工巧，多以悠闲归隐生活、女子思春之情、江南秀丽风景为主题。一字一句，透露着他丰富的情感和细腻的心思。

诚然，文人学者总是有着一颗多情的心，如此才会生出曼妙的诗词的藤蔓。偏偏多情总被无情伤，那些被伤了的心却还是一如既往地痴情，当这种痴情不得愿，便生成了相思，它在疯狂地滋养着爱情的藤蔓，任其肆虐，任其猖狂地占据着心和灵魂。

为何世间会有爱情的存在？为何爱情里，相思是如此让人疯狂？

那刚刚降临人世的婴儿不会相思，只懂得大声啼哭，向父母索要物质和精神上的安全感；那咿呀学语的孩童也不会相思，对母亲的情感全发自天性的依赖。或许，人本来是不会相思的。若要懂得相思，非到青春年华不可，待到情窦初开，才会对异性产生怦然心动的感觉。

相思不同于言语，不同于走路，不可被人教会，只可用心体会。刚刚懂得相思为何物，便害了相思，这可真是愁煞人了。相思总会令人心慌意乱，不知如何才能让自己的心平静下来。

相思时，身体不听使唤，好似一朵浮云般软软的、轻飘飘的，在天空中飘来荡去，感觉不到安稳；相思时，心也不听使唤，像是三月里随风飞舞的柳絮，忽上忽下，风起时旋转着升得好高，风停时又骤然落下；相思时，呼吸也变得微弱了起来，仿佛所有的力气都被相思消耗尽了，剩下的呼吸便如游丝一般。

心上人走了，可他的气息还在，如檀香燃尽后留下的一缕余香，幽幽地萦绕在房间里。气息很弱却又很持久，弱得只能隐约感觉到它的存在，却又持久得几日不绝，无时无刻不在提醒那人曾来过。走到哪里，都能闻得到那气息，如同他还在。

然而，他偏偏不在。相思的人不知道他究竟身在何处，只能在脑海中回忆他远去的身影，想象他在哪里做着什么。这样的生活，白天尚可熬得过，到了晚上，却着实难挨。夜越深，思念越深，孤寂越深，而这种感情越是强烈，就越是让人渐渐失去了自己。

情窦初开的少女，怎么能挨得住相思的痛苦的折磨呢？刚刚懂得情为何物的少女，第一次恋爱就如此手足无措，神志恍惚，日夜思念。爱情真正的模样是这般吗？

这一场恋爱，少女背负了太多的顾忌，太多的忧思，我们不能怪她，因为这不是她的错，错只错在爱情本身就是一个复杂的事物，没有人能够说出爱情的真正模样是什么，而人们也总是在经历了爱情之后，才会明白它所带来的甜蜜与痛苦。

这是无法改变的。人，总要经历了第一次的爱恋，才会明白一切。而这珍贵的初次爱恋，却总是得不到美好的结局。

虽然结局并不都是以美好完结，但却以美好开始。

人生中初次的恋爱总是美好的，那感觉如同花儿遇上了蝴蝶，新鲜而甜蜜。一朵娇嫩的小花，自小生长在温室中，从未接触过外面的世界，每天的生活都平静而有规律。然而一个偶然的机会，一只蝴蝶闯了进来，蝴蝶身上那种新鲜感让小花怦然心动，蝴蝶的每一次振翅都能令小花也随之颤动，于是小花想，这便是爱情吧？

这一刻起，小花的世界开始变得不同，虽然每天，它仍然生活在

同样的世界里，可是它的心情却不再平静了。每一天，它都会妆扮好自己，期待蝴蝶的到来。蝴蝶来了，它便喜悦，蝴蝶走了，它便怅然。

陷入初恋中的人对感情是格外投入的，从早到晚，脑中除了所爱的人再无他物，所想之事，也是与两人有关的事情。时间一天天过去，小花越来越投入了。与蝴蝶接触得越多，对蝴蝶的眷恋就越深，思念也就越强烈。

第一次恋爱，仿佛所爱之人是自己生命的全部，仿佛那个人一离开自己，全部的力气乃至呼吸都会被他带走。初恋有时也会令人变得小心翼翼，因为懵懂，所以迷茫，因为迷茫，所以紧张。因为紧张，所以思念中有时也带着许多担忧，时常会想是否自己说错了做错了什么，让对方讨厌了；又或是那人对自己不爱了，才会不与自己联系了。

有人说，初恋时是不懂爱情的，那种心动的感觉更多是因为新鲜感，是因为初次接触异性时的好奇和紧张；也有人说，初恋时的爱情才最真挚、最纯洁，因为它不掺杂任何物质条件，纯纯的，只有爱。事实上，初恋为何而生并不重要，重要的是那一段难能可贵的过程，是那种心中装着一个人，并对此人此情格外珍惜的感情。

初恋时的思念，很甜，也很苦。即使最后恋情结束，同样也会令人陷入长久的思念中。一个人一生之中无论经历多少次恋爱，最后又与谁走到一起，相扶一生，初恋带来的相思总是无人能够替代，无法抹灭。只是随着时间的流逝，那种思念会渐渐趋于平淡，不再让人一想就内心激动。当初的那种思念，渐渐会成为一份曾经的感动，停在那里，静静地看着我们幸福。

聚散：无情不似多情苦

长亭路上，一位小小的少年，迈着稳稳的步子，行走在人潮涌动的街头。周围的人向他投去的目光中，有羡慕，却不会令他飘飘然；有嫉妒，却不能伤他分毫。这样的少年，着实世上少有。

他便是晏殊。

时光，总是会给我们太多的意外。从古至今，一直如此。

作为晏殊的儿子，晏幾道像所有普通的婴儿一样，带着响亮的啼哭声来到了这个世间。

中年得子的晏殊十分疼爱这个儿子，并为其取名幾道。晏幾道从出生就拥有父母的宠爱和兄长的关怀。再加上出身名门，让晏幾道的童年时光，衣食无忧。

与那些纨绔子弟不同的是，虽然晏幾道家境富足，但优越出身却并没让他玩物丧志。年幼的晏幾道继承了父亲晏殊的聪颖和才华，小小年纪便能写文作诗，十四岁那一年甚至还参加了科举考试，一举中了进士。

晏幾道的聪明才智让父亲晏殊感到欣慰，却也备受苦恼。在晏幾道年幼时，父亲晏殊曾经在家中举办过一次宴会，邀请了自己众多志同道合的朋友，前来饮酒作词，相聚聊天。宴会中途，晏殊想让幼子晏幾道在众人面前展示一下才华，要晏幾道背几首诗词。小小的晏幾

道并没有怯场，大大方方地背起来，只不过字还没说出几个，在场的众人就面面相觑，不知应该作何反应。因为晏幾道背诵的正是柳永的词，只不过是艳词。小小年纪就背诵艳词，而且是在众人面前，这让父亲晏殊有些下不来台，急忙喝止晏幾道。不明所以的晏幾道有些委屈，因为那时候的晏幾道或许还不知这词中到底想要表达些什么，只是单纯地觉得好听。

天资聪颖、家境优渥，似乎，这是个让人艳羡的生命。只不过，上天给了他一个美好的开始，但却没能将这份美好延续下去。如急转弯一样的巨大转折，彻彻底底改变了晏幾道的人生轨迹。

仁宗至和二年（1055 年），晏幾道的父亲晏殊去世，永远别离的不仅仅是父亲，还有曾经让人艳羡的富足家庭。

从某种意义上而言，虽然晏幾道继承了父亲的优良传统，可多多少少晏幾道也因为他的父亲晏殊才被历史记住，为人知晓。但上天注定要晏家诞生这个孩子，经历跌宕起伏的一生，尽管他们是普通的读书人和官宦，生活丰饶富足，可几世之后就会化为尘埃，消失在历史的尘埃里。

因为晏殊离世，晏幾道没有了保护伞，一时间，由富家公子变成了落魄书生，曾经车水马龙的宰相府，如今变得清冷凄凉，像是从天空坠落低谷。生活，逼迫着晏幾道不得不独自面对人情冷暖，体会世态炎凉。

或许，命中注定，这样的才子，要经历个不寻常的人生旅途，才能与名望和才情相匹配。只是可惜，从被家人宠爱的儿子，到没落书生，从锦衣玉食到穷困无助，似乎年幼时的美好都不能永久停留，短暂的荣光之后，晏幾道要面对的依旧是孑然一身的孤独旅程。

如此的晏幾道，难免让人心疼，但好在，他还有他的词。

第二章 心念：落花有意水无情

> 绿杨芳草长亭路，年少抛人容易去。
> 楼头残梦五更钟，花底离愁三月雨。
> 无情不似多情苦，一寸还成千万缕。
> 天涯地角有穷时，只有相思无尽处。

漫步长亭，绿杨挺立，芳草萋萋。这么美好的景色，若是在别处，应是会被人细细欣赏的吧。只可惜此处却是长亭路，是人们送别的地方。那来往的人们心中皆是依依不舍的愁绪，不忍别离的伤感，又哪有心思去欣赏路旁的景色呢？

十里长亭，看似很远，其实走着走着便到了头。那年少的人只顾心中的抱负，不懂别离之情，所以很容易就消失得无影无踪，留下前来送别的人在长亭路上。他不知道，即使他的身影已经消失在送别之人的视线中，那送别之人仍然不肯离去。

入夜，彻夜辗转，相思情重，难以安睡。好不容易昏沉沉睡去，五更时分，从楼头传来的钟声偏又将这残梦唤醒。醒来，心中又布满失落和惆怅。窗外有雨飘落。三月的细雨洒在花间，碰得花瓣落了一地，好像心中的离愁。

无情的人心中无牵无挂，来去自由。他们不懂用情至深会多么痛，也无法理解多情人有多么苦。那是一种无法自抑的相思，深深地埋在心里，化作千丝万缕，数不清，也捋不清。都说天涯地角远得无法触及，可它就算再远，也总会有边界，不像心中的相思，蔓延得无边无际。

晏殊的词一向是豁达的，然而此时的晏殊，却是将人生离别之苦，以及人生短暂、聚散无常的忧伤描述得淋漓尽致。岁月如风，吹散了往日的繁华，也吹散了一位浪漫诗人的归路。

或许，是深有体会才能描写得如此真切吧！毕竟，人生在世，聚散离合是常有的事情，人人都会经历，人人也都不愿经历。

人在年轻时，总以为来日方长，于是将许多事看得很淡，将再见说得轻而易举，却不知时间的飞逝可能改变太多事情。青春一旦错过，便再也回不来；有的人一旦错过，便再也遇不到；有些事此时不做，便再无机会去做。

在年轻人眼中，时间总是过得很慢很慢，因为他们走过的路在漫长的人生道路中，只是短短的一段。小孩子总是期盼着快点长大，以为长大后便可以不受大人的约束，不用上学，随心所欲地去做自己想做的事情；年轻人也总是期盼着变得成熟，以为成熟之后许多问题都会迎刃而解，再也不会受到别人的轻视。

或许只有女子才会在意自己的年龄吧？担心自己一天天老去，失去青春靓丽的容貌，失去满头乌亮的秀发，失去凹凸有致的身材。她们担心自己失去外在的优势后，不再被人欣赏，不再被人宠爱，所以才会有那么多女子为了维持自己的外表倾尽全力，所以才会有那么多女子希望时间过得慢一些，再慢一些。

然而身为男子，却是恰恰相反的。年轻时，他们以为三五年是很长的时间，直到过了而立之年，他们才会感觉到时间真的走得太快。眼角的皱纹不知什么时候就出现了，怎么赶都赶不走；一不留神，额角上就多了三五根白发；只不过多喝了几杯酒而已，便会在第二日醒来时备感疲惫。

时间啊，就是这样的深不可测。年轻时总觉得三五年便是一生一世，所以年轻的恋人们才会那样毫无顾忌地挥霍他们的青春，挥霍他们的时间，为了各种各样的理由忽略身边的爱人，与其争执、冷战。直到他们走到不得不分开的那一天，才恍然大悟，开始后悔，开始责怪自己没有珍惜在一起的时间。

而当相思时，人们又总会觉得时间过得如此的慢。等一个人的心情很乱，等一个人的日子很难。太多人熬不过那相思和等待，熬不过那些折磨，最后选择了放手。我们没有理由去责怪他们的不坚持，没有理由去抱怨他们的不等待，毕竟那是人之常情，此情可谅。

天上的云还是那么轻、那么淡。写上一段刻骨铭心的思念在素笺上，轻轻地抛上云端，当你仰望的时候，就会看见这份难挨的思念是如此的绵长。

暗沉的夜色静谧如水。银光荡漾，不知不觉中，便把那脉脉的相思与哀愁倾洒了整个大地。

爱人间的离别，总是愁苦的。女人如此，男人亦如此。

思念过，才明白思念的痛苦；相爱过，才知道爱情的代价。我们不需要吝惜自己的感情。爱了就是爱了，想念就是想念，没有任何理由，没有任何缘由，没有任何犹豫。没有配不配，没有值不值，更没有所谓的理智和骄傲。爱了就是爱了，是那样的简单，又是那样的复杂。

转眼一瞬间，多少思念与期盼流逝在了指尖，牵挂不断，爱恋不减，怕只怕牵挂再深，爱恋再深，也难敌流年似水不复回，总是曲终人散。是你，装饰了我的风景，是你，装饰了我的美梦。美丽的风景，可否让我一梦千年？

然而这样的深爱，在离别的那一刻，却又是如此的痛苦。

离别那一刻，彼此间越是沉默，心里就越是汹涌澎湃。但他们是相爱的，相爱的人，彼此只要一个眼神，就能胜过千言万语。

像丛生的杂草，在心里的某个角落疯狂生长。离别后的思念，如同催生的瘤子，每当夜深人静之时便会隐隐作痛，愁煞了青春，摧残了佳人。

曾经共同经历的点点滴滴，都在脑海里不曾淡忘一丝一毫。可是如今爱人不在，只能静静地等，痴痴地盼。

离别是长久的——或许，真正的离别并不长，只是思念的风把它牵得很长很长。

人生岁月，迈着它那有力的步伐，向前行进。每过一刻，生活的历史上就多了一页回忆。人，是充满回忆与期盼的。若是没有了回忆，就会活不下去，但是如果只有回忆，也是活不下去的。人，总是会分别的，就像是梦总会有醒来的一天。繁华落尽，梦过无痕，心心念念的爱人不在自己的身边，那些守着孤独的人儿也只能把对情人的爱意与思念默默地放在心里。

离别后，才明白思念的痛苦；相爱过，才知道爱情的代价。转眼一瞬间，多少思念与期盼流逝在了指尖，多少人匆匆归来，匆匆而去。想要放手的人虽然心里还有不舍，再三犹豫，最终还是狠心放了手。相思确实是件折磨人的东西，那种感觉，只有亲身体会过的人才会懂。此时此刻，谁也无法去怪谁，走到此处，便是缘已尽了，情也尽了。不如，就好聚好散了。

待到年老，才说"悔不该当初"，才说"若是"，却已无用。世上最无用的，便是"可惜""若是""假如"。失去的已然失去，错过的已然错过。人生苦短，聚散无常。不是时光不经用，而是岁月太匆匆，让人没能珍惜曾经的过往。光阴如流水，将过去的一切冲刷得干干静静。然而有些事，却是冲刷不掉的，它会牢牢地印在我们的心底，成为岁月抹不去的痕迹。

怀念过往，岁月的年轮充满相思的回忆。用心去触摸那些凹凸，感受那些曾经留下的无尽的意蕴。

至少，相思的人还可以这样一直想念。

思念悠悠，牵挂深深，时光匆匆流逝，或许这份柔情会变成冰冷的恨，只是此刻，心中全是温柔。今生的宿命，不想改变，前一刻，我们是自由的，下一刻，只有我留在原地，你却已经飞走。只有深深地落寞，远去的背影，你依然清丽，而我的双眼已经被雾气或泪水遮住了，一片模糊……

时光流逝，岁月见证了他的柔情、他的思念，这是相思人的命运，遇到、离开，一切都是上天的安排。哀愁，相思，将会陪伴彼此无数个日日夜夜，只求，脑海中的乐园依旧繁花盛开，自己依旧是从前的自己，初心不变，美好不变。

目送：未妨惆怅是清狂

温柔的东风徐徐吹拂，天上的乌云像是有了助推力一般，转眼之间便手拉手，连成一片，黑压压地，催落下滴滴细雨。

淅淅沥沥的雨丝唤醒了思念之情，一个人徘徊、静坐，思绪已经回到了那个晚唐的年代，回到了那个多情男子的故事中。

故事里的李商隐不过是一位十六岁的少年，在权贵令狐楚府上为幕僚时，因为才华斐然而获得了令狐父女的青睐。李商隐心中清楚对方二人的心意，然而一想到自己出身寒微，他又有些自卑。于是，当令狐楚的女儿令狐函玉对他表明心意后，他忍痛拒绝了对方，从此二人再无牵绊。

故事的后来，李商隐遇见了宋华阳，两人惺惺相惜，彼此吐露真情。然而这段恋情又无果而终了。

在李商隐的情路中，还曾出现过一位名为柳枝的女子。他们的情以诗开始，也以诗结束。当时，李商隐因去长安应举而未赴柳枝之约，归来去寻柳枝，得知柳枝已嫁作人妇，李商隐懊悔不已，只得为柳枝作诗一首。

坎坷的情路直到娶了王茂元的女儿才得以终结。虽然两人的婚姻是起于王茂元的算计，但由于性情相投，相互体谅，李商隐与这位王家小姐成婚后，生活倒也幸福。遗憾的是，王家小姐患急病，就这样离开了人世。

从相识到相爱，再到分离，几年的美好光景，转瞬即逝，但却成了诗人一生中不可缺少的章节。

伸出右手，想要遮住照射在脸上的耀眼阳光，可细碎的温热依旧会斑驳地落下，晃得人睁不开眼睛。眯起眼，只留一条缝隙，世界也变得狭小、模糊。

闭眼，睁开，坐上时光穿梭机，在晚唐的土地上自由穿梭。

荒郊野岭，一座孤坟静默而立，一抔黄土，让一对爱人阴阳两隔。那不能阻隔的是爱与情，只是男人的思念无从倾诉。一切，散尽了尘世的浮华，变得虚无缥缈，直至灰飞烟灭。那些不能用语言来形容的感情，都深深地印刻在了纸张上，那是哀伤的铭刻。

> 重帏深下莫愁堂，卧后清宵细细长。
> 神女生涯原是梦，小姑居处本无郎。
> 风波不信菱枝弱，月露谁教桂叶香？
> 直道相思了无益，未妨惆怅是清狂。

莫愁堂中帷幕重重，遮住了外人的视线。帷幕的遮掩下，房间显得十分幽邃。一层又一层的帷幕后，只有我一人独居于此，形单影只。想要入睡，却孤枕难眠。独自一人静静躺在床上，聆听房间里无限的寂静，不由得感到这夜越发漫长了。

巫山神女与楚王相会的故事虽然流传于民间，可说到底也不过是美梦一场，梦醒后再不得见。我虽也如巫山神女那样向往爱情，最终却只是如青溪小姑般终身无托，所住的地方只有我一人而无情郎。

柔弱的菱枝当受温柔呵护，可风波明知它的柔弱，还要以风摧之；桂叶能够散发清香，可月露偏不肯来将它滋润，使它无法释放芬芳。

我是那被风波摧残的菱枝，亦是那渴望滋润的桂叶，一生之中所经历的种种，皆不是我所希望的。

我知道相思无益，可还是忍不住痴心一片，相思成狂。纵然身世坎坷，爱情虚无缥缈又无定数，我却仍对爱情抱有希望，宁可一生为爱惆怅。

对于李商隐而言，这是一种伤痛，一种永远都无法痊愈的伤痛。这是爱情带给他的伤痛，只是这伤痛，却并不专属于李商隐一人。世间的男女千千万万，陷入爱情里的男女总会受到爱情的伤痛，承受相思的苦楚。

人人都曾在感情中受过伤，只不过这伤或轻或重，或大或小。而面对爱情的伤痛，有些人选择封闭自己，躲在小小的角落里郁郁寡欢，他们把孤独酿成了酒，没日没夜地喝，以为醉了，就不会再因感情而难过；而有些人选择遗忘，再遇到心动的人，仍然会义无反顾地向前闯，全心全意地投入，好像从来没有受过伤一样。

然而，终究也只是好像，到底还是受过爱情的伤。

一段感情的逝去确实会令人伤心难过，可即使不能释怀又如何呢？无论能否释怀，生活还得继续，岁月也不会为任何人停下脚步。无论是伴侣，还是孤单一人，只要心中有爱，便足以。

百岁之后，归于其室。原来有些感情，即便是生与死的距离也不能隔绝。

越是在乎的东西就越是经不起时间和世俗的纠缠，只要有些许变化都会造成巨大的伤害。活着的时候，是生存的烦恼，死亡是残忍的掠夺，是留给活着的人，最大的伤痛。

偌大的旷野，黑漆漆一片，面对这样的空旷荒芜，好像再皎洁的月光也无能为力，再多的烛灯也照不亮那黑暗的天空。我们看不见李商隐的神色是否痛苦，眼中是否有泪水，许是上天不想让我们看到他身为男人的脆弱与哀伤，才让这个夜晚尤其黑暗。

可既然是注定要别离的结局，为什么还要让彼此相遇，注定以痛苦收场的感情，为什么还要让它开始？

一切，都是缘分的牵绊，才会如此让人忧愁。

缘分，一种奇妙无比的力量，它来，我们挡不住；它走，我们拉不回。沉浸在过去的伤害中走不出的人，总会对缘分有着又爱又恨的情感。当缘分再次出现在他们面前时，他们犹豫、徘徊，想要伸手抓住，手伸到一半又停下。

爱来了，就开心地迎接它的到来；爱走了，就平静地目送它离开。缘分有开始也有结束，爱情有始也有终。既然爱了，又何必去纠结谁对谁错，该与不该？

那些全心全意付出的爱，代表的并不是失去，而是拥有。即使，曾对一个人爱得死去活来，爱得忘记自己，爱得投入了全部感情，最后一败涂地，至少自己真挚地爱过，真实地感受过，经历过，不至于在暮年才怀疑自己是否曾经有过青春。

只是有些遗憾，这样奋不顾身的爱情却以另一半的逝去而告终。但毕竟，人们不能太贪婪，弱小的我们不能奢求命运满足自己的所有欲望。可是在生离死别面前，一切都显得微不足道。

无情的风，往往想要吹散美好，一心想要把人带到一个孤独的深渊。或许，也只有当我们自己也一无所有的时候，才能明白阴阳永隔的悲恸心境，我们才会祈求上天，不要夺去人的生命。

只有生命存在，爱才会存在。

爱情，不必执着于同生共死，只有外强中干的爱情才需要用生死来证明。爱情，不是把它放在嘴边，而是留在心里。

于是，夜深人静的时候，轻声诵读一首《无题·重帏深下莫愁堂》，苦笑一声,那一刻,或许相爱的人在天上看见了男人的忧伤,恍然之间,仿佛看到女子在微笑,似是在说"山河静谧,梦过无痕,我与你同在"。

第二二章 红尘：浓情尽散惹心伤

红尘中的人，承受着红尘中的苦。这一生，我们都逃不掉一个情字。爱过知情重，醉过知酒浓。爱在心头，浓情蜜意化不开，两情相悦，尽是欢乐。爱随风而去，伤情却是晚凉秋，好似溪边的桃树，一夜风来，繁花落尽，枝头空留哀伤。

孽缘：天长地久有时尽

白昼时，马嵬坡上空那道坚毅的日光，落在了明晃晃的剑戟之上，反射出耀眼的光亮。而夜幕降临，那道明亮的光线收起了犀利的锋芒，只给人们留下了无尽的黑夜与宁静。

可叹那昔日繁华的大唐时代却与三尺白绫有着剪不断、理还乱的纠缠，就这样率领着千军万马，气势磅礴，毫不掩饰心中的那抹敌意，而这一切，全部都落在了美酒、荔枝、霓裳与羽衣之中。

杨玉环，一个绝美的女子，却赋予了美丽更多的意义。美貌是她的财富，让她吃腻了荔枝，听烦了诵诗；美貌是她的筹码，让她轻而易举地控制了帝皇上朝的建制；可美貌，也是一把锋利的剑，让她因此断送了自己的性命。

遇见杨玉环，唐玄宗已经五十多岁了，而彼时的杨玉环已经是他的儿媳妇。虽然是心生喜爱，但这也是不伦之事。即便是在今天，也会让人诟病，落人口实。但是有些时候，爱情的力量果真是伟大的，是没有道理可言的。想要爱就去爱，因为等待终究是换不来艳羡的爱情的。

是的，已过知天命年纪的唐玄宗想要与这样的女子白头到老，执手相依。同样，他与她，也做到了。

寂寥空虚，如同帝皇之心。那时候的唐玄宗没有想到，年过半百的自己还能在驾鹤西去之前，遇见如此让自己心动的女子，仿佛生命开始了新的篇章一般，让人生机勃勃，活力无限。这也就是爱情的奇妙之处。两颗相互吸引的心是没有距离的，没有高低贵贱的。他称呼她为"玉环"，她唤作他为"三郎"，如此浓情蜜意，伉俪情深，羡煞旁人。

然而，在江山面前，男女之间的爱情是显得如此的微不足道。一个马嵬坡，见证了爱情里的那些虚伪的甜言蜜语。唐玄宗为了自己活命，也为了日后的大唐江山，忘记了浓情蜜意时候的山盟海誓，顺应着千军万马呼喊，忍痛赐了杨贵妃自缢身亡。

一条三尺白绫，就这样决绝地结束了杨玉环三十七岁的生命，香消玉殒。此一时彼一时，曾经华丽雍容的杨贵妃，死后居然被简单地堆了一个土坟埋了。那些充满敌意的人，似乎了却了心中的一件大事，丝毫不念及曾经的一切，往昔的身份，就这样匆匆地离开了，没有一人回头，没有一句安慰，没有一丝怀念。

人已不在，徒留旧爱。有些爱，需要用漫长的时间去忘记，因为那深切的情已经不知不觉地侵入了心骨；有些恨，需要用毕生的经历去掩盖，因为那幽怨的恨一样会模糊了岁月光影。杨玉环的恨，要以生命的终结才能做个了断，也只有一死，才能让一切戛然而止。三尺白绫，结束了一切的爱与恨、情与怨。而这是命运的旨意，不容许我们篡改，也不容许我们弥补。

此恨绵绵无绝期，就连白居易也曾动容，也曾心痛。因为，他也曾感受到爱情带来的滋味。

蜿蜒的河水带不走些许愁思，滔滔江水旁，也曾有一男子日夜翘首企盼，凭栏叹息，倚柱而望。男子一声轻叹，仰天而望，心中无限的思恋或许将永远被禁锢在这群山峻岭之中。那愁苦的形象好似被定格在这清冷的渡口，娓娓道来那首为她谱写的《长恨歌》。

> 临别殷勤重寄词，词中有誓两心知。
> 七月七日长生殿，夜半无人私语时。
> 在天愿作比翼鸟，在地愿为连理枝。
> 天长地久有时尽，此恨绵绵无绝期。
> ……

一首《长恨歌》并没有换来杨玉环的一世相守，而白居易的这段昔日的爱恋，最终也只有悔恨常伴人生左右。

他们是如此的相似，也都被相思折煞了心。

后世的我们，不能评判杨玉环的对与错，也不能评判白居易的是与非。因为爱情一旦牵扯到了政治，就显得复杂与无情。但这所有的故事，玉环与玄宗的爱情，大唐失政的遗恨，都让白居易的一首《长恨歌》成为千古绝唱。或许悲剧的爱情，总能勾起人们的恻隐之心吧！这是不变的定律。

长恨歌，歌长恨。那些字字句句里透着诉不尽的情愫，究竟是恨、是怨，还是遗憾？是恨那世人言语品评的不公，还是恨唐玄宗守得住江山，却保不住美人？抑或是恨自己的美貌才情让自己芳华早逝？长恨歌，终究是歌尽恨不尽。可叹啊，绝世美艳的杨玉环，集后宫三千宠爱于一身，却让自己的那颗心在无声无息之中破碎。

一代佳人香消玉殒，一代诗人也难守最初的爱恋。于是，人们不禁猜想，到底爱情与身份地位是否有关？

我不知道，因为我只是一个平凡的女子，过着平凡的生活，无法想象对于那些高高在上的人而言，爱情究竟是什么。但我想，他们应是也期望真爱的，毕竟对于任何人而言，没有爱情的人生都是不完美的，而没有爱人陪伴的生命是苍白的。

人生短短几个秋，不可期许。可因为有了爱人的陪伴和守护，才让短暂的一生充满了欢愉和惊艳。有那么一个人，可以与自己一同体会春的朝气，夏的热情，秋的丰收，冬的内敛，相依相伴，不离不弃，在困难的时候不顾一切地并肩同行，在幸福的时候真心实意地共同享受，温暖对方，照亮对方那颗脆弱疲惫的心，这才是人生的幸事。

白驹过隙，岁月流逝，流掉的是时间的荒芜，却流不掉铭记在心的美好回忆。挨过慢慢蹉跎，尘封心中的回忆只会越来越厚重，越来越重情。因为岁月抹不去的才是最难得的。

爱情不分高低贵贱，人人都有爱的权利。无论是高高在上的君王还是平民，都需要爱情的滋润。而爱情其实也没有那么复杂，爱情就像是烧菜时加入锅中的调味剂，只对自己锅里的菜有着特殊的效果，而不会在社会中引起轩然大波。即使为爱而哭，为爱而笑，为爱而痴，为爱而伤神，甚至因为爱做了傻事，误了前程，旁人看了，最多笑话，却不至于责骂。

同样的情形，若是发生在身份地位不一般的人身上，便是另一番景象。无数双眼睛盯着他们的生活，盯着他们的爱情，有人羡慕着他们的恩爱，有人则等着看他们的笑话。明星们的恋情往往被人们津津乐道，便是这个原因，只因为他们受人瞩目，他们的爱情就成了人们茶余饭后的谈资。

细细想来，这样似乎并不公平。爱情本是件平常的事，两人相爱本是件幸福的事，这样平常的幸福，只要不违背道德，即使不被祝福，至少也不应被指责和嘲笑。哪怕这爱情让人一时之间迷失了自我，或是心智大乱，犯下大错，即便那错不可原谅，可这感情总是可以被原谅的。

有时候，这世界对一些身份特殊的人苛刻了些，仿佛他们不应有太强烈的感情，只应该永远保持理智。过分的关注令他们活得没了自由，没了轻松，想要恋爱，也只得隐忍。

不如，就对恋爱中的人宽容一些。无论那人身份地位如何，无论那人是否因恋爱失了理智。在爱的国度，我们都是等待爱情润泽的平民。每个人都拥有爱的权利，也都拥有被爱的权利。当真心爱上一个人，为了所爱的人而失去理智时，有谁能就此说这个陷入爱情之中的人是错误的呢？

轻轻地抖掉满身的尘埃，回到最初的自己。梦醒时分，一切都如最初般美好，一切也都是爱情最认真的模样。

归途：玲珑骰子安红豆

自古战乱最让人揪心。战火和硝烟之中，即使再优雅的女子也会惊慌失色，落了花容，淡了月貌。再听不到悠扬的曲调，看不到轻薄的衣裙在月光下流转，院子里的花香也成了尘土的味道。

生活在晚唐的百姓们尝尽了人间疾苦，而生活在晚唐的诗人们也日日饱受着折磨：闭上眼，耳边充斥的是百姓的痛哭声；睁开眼，又看到满目荒凉。诗人们的内心本就敏感细腻，这样的环境和现实使他们的心中充满了悲凉和绝望。他们对国家的破灭无能为力，只能将痛苦无奈的心情揉碎在创作中，写下咏叹时代的诗作。

他，温庭筠，一个生活在晚唐的诗人，一个出身没落贵族的书生，一个才华横溢，擅长诗词通晓音律的才子，却在这战火纷飞的年代里，写下了关于爱情的记忆。

他用自己清婉精致的笔法描写了一个又一个深闺女子的相思之情，也展现了一个又一个恋人之间的悲欢离合。

夜幕阑珊，万家灯火中，远方的爱人不能陪伴在自己的身边，成为女子生命中最为浓重的缺失和遗憾。于是，在温庭筠的笔下，每个多情的女子都成了那个每天凝望的相思之人。

等待，最为折磨人心。

它会让你活在以憧憬和期望为开始、以失望和落寞为结尾的日子里。每一天都有希望,而每一天也都有失望。遥遥无期的漫长等待,让思念的心也变得深切悠长。

相思浓重,情深缱绻。无法言喻的思念就这样成为温庭筠关于爱情的记忆:

> 一尺深红胜曲尘,天生旧物不如新。
> 合欢桃核终堪恨,里许元来别有人。
> 井底点灯深烛伊,共郎长行莫围棋。
> 玲珑骰子安红豆,入骨相思知不知。

那一块出嫁时头上盖的一尺红布,如今已经蒙上了淡淡的一层灰尘,呈现出酒曲般的淡黄色。那是曾经新婚的见证,而今却成为最不在意的。

自古以来,喜新厌旧是人之常情,可是当初说好今生会像合欢核桃树一样,两心永相印,将彼此永存心中,却不想会到今天这般田地。你的心里竟然住了别人,我不再是你的唯一。你可知道我心中的苦?真想就此恨透你,可恨又有什么用呢?你还不是已经离开了我。

回想当初,我们曾在一起玩那唤作"长行"的博戏。而那时的我曾深深嘱咐过你,你这一去路途遥远,不求你此时多陪我一时半刻,只求你事成之后能够按时归来。"长行局"所用的骰子小巧玲珑,嵌着红豆,那也正是我对你的相思,只是不知道,你可知否?

知道能怎么样呢?不知道又能怎么样呢?这一切已经不再重要的,因为已经不爱。

每一段曲终人散的爱情,都会有一个浓情蜜意的开始。温庭筠笔下的她也曾与自己的爱人有过郎情妾意的甜蜜,可也正是因为如此,才会在被对方抛弃后备感痛苦。爱人离去后,她日复一日地思念,却没想到对方的心竟然变了。当初的叮咛没能留住那人的心，他只是应了，之后便弃了。而她对他固然有恨，更多的仍然是爱和依恋。否则，便不会有那么多相思和追忆。

自古女子多情，而多情的女子也往往被无情的男子抛弃。这样的爱让人心疼，也让人觉得不值。

所以滚滚红尘，有多少痴男怨女在爱情来临的时候，都要问自己这样的付出值不值得，这样的等待值不值得。可有谁会问自己一句，爱不爱。

褪去幼稚的外衣，人们把爱情看得太过于复杂和庸俗。其实，爱情就是一种冒险，而世界上任何一种冒险都需要勇气，爱情也是如此。而人们却因为害怕这样的冒险，又不甘心眼睁睁地看着它白白失去，所以千方百计地为自己的利益算计着。他们会担心自己付出太多，可最后得到的却是曲终人散的结局，一颗心不再完整，布满伤痕，无力再爱。所以，那些等待爱情，或是站在爱情门口的人会问上一句：这样到底值不值得？

没有值与不值，只有爱与不爱。如果爱那就是值得，如此简单明了。

尽管爱情是两情相悦的事情，可还是有些人能够在爱情里来去自如，只因面对诱惑，他们无法自控。

这个世界中充满了诱惑，而世人也有太多的渴望。当这些渴望积累到一定的程度，就成了欲望，成了人们心中致命的弱点。诱惑具有很强的杀伤力，因为它总是能准确地发现人们心中的弱点。它能够激发人心中的欲望，让人们因眼前虚幻的美景沉醉，失去理智。

很多时候，人们只不过贪图一时的新鲜，抵不过一时的冲动，便让自己的一只脚踏入了旋涡。直到他们意识到自己的错，想要从中抽离时，才发现已经陷得太深、太深。

可我总觉得，那些因诱惑而生的爱情不是真正的爱情，或许那只是为了填补心中的一份不满足，或许那只是美色引诱下产生的意乱情迷。真正的爱情，需要的是感情，不是激情；是深思熟虑，而不是冲动。

而背叛，无论是哪一种，都会是一个无法抹去的刀疤。若那人是自己曾全心全意去爱、去相信、去等待的，伤痛自然就会加倍。没有哪个人能够对爱人的背叛无动于衷，就像没有哪个人会对爱情不动心一样。

人心善变，人心难测。自以为坚不可摧的感情，其实不堪一击。当爱情经历了时间，遭遇了权力、欲望、金钱，就不再单纯，不再简单。与那些身外之物相比，无形的爱情显得是如此的轻薄！轻得就像是一朵蒲公英，微风拂过，就会随风飘落。

只是朱颜改，可叹情已断。寻寻觅觅，那些同甘共苦的日子，那些相濡以沫的感情，都留在了过去。

爱情啊，就是这样的乖张，而相思，就是这样的让人无法自拔。然而红尘俗世里，许多事情，初衷总是美好，只是在不知不觉间就变了模样。最初的样子，已经面目全非。太多的无奈与无助纷纷扰扰，牵绊无常。荒芜了岁月，辜负了人心，心中执手到老的夙愿也就在无情的世界中，纷飞，逝去……

曲终：水流无限似侬愁

江南的风景如画，江南的水土养人。自古江南出才子，秀美的山保护着他们的梦，给了他们灵感；温柔的水滋润着他们的心，给了他们柔情。

吴侬软语的柔情给了刘禹锡一颗纯净的心，去感受世间那种种真挚的情。

二十一岁的刘禹锡考中了进士，获得了一官半职。本以为从此仕途之路坦荡光明，却不承想在任监察御史期间，他却因支持王叔文推新举，除政弊，触犯了执政大臣和王公贵族的利益。从此，他的仕途之路再看不到任何光明，被贬官，成为他生命中无法言喻的心痛。

忘掉仕途上的坎坷，才有精力去体会人间的真爱。而刘禹锡，寄情于景，放眼望去，四处弥漫的是关于爱情的芬芳气息。

山桃红花满上头，蜀江春水拍山流。
花红易衰似郎意，水流无限似侬愁。

不知是在何时，翻开了一首字迹清秀的小诗，从此将这一行柔婉镌刻进了心底。是在何时，发现了满山的桃花已经凋落，是在何时，忘记了尘世的种种烦恼，却捡起了细碎零落的几片欢喜。

情爱，是永恒的话题。你永远不知道，何时遇见那个让自己心动的人，何时穿梭在回忆与思念之间，何时哭泣醒来，何时雀跃欣喜，只因爱情。可爱情，伤感的爱情，不断地降临。是留恋，或遗忘，或许只是我们的一念之间。

一年又一年，山间的桃花还是当初的模样，开得娇美，开得茂盛，开得艳丽。满树花团锦簇，红红火火，生机勃勃，向世人传递着春天来了的讯息。看到这山花烂漫，人们的心里也漾起了欢喜。

冰雪消融，蜀江的水也涨起来了。江水欢快地流淌着，一路轻轻拍打着山岸，充满依恋，不知疲倦，像是闷了一冬天，终于能释放情感的孩子，浑身洋溢着活力。

可是，此时的满山鲜红又能持续多久呢？都说好花不常开，虽然此时它们让漫山遍野都充斥着甜蜜的芬芳，令人沉醉，可是过不了多久，它们便会凋谢了，剩下满山荒凉。那山花不正像心上人的情意一般，此刻浓情蜜意，转眼间就会变得冷漠淡泊，再不存丝毫情意。

待到山花谢尽，山间不变的，怕只有那流水，依旧不停轻轻地拍打着山岸。即便山花尽逝，那流水的节奏却不会有任何改变，还是会一如既往地奔跑，不知停息。那流水便如我的感情，纵使心上人对我的情淡了，退了，我的情却没有办法那么快便终止。

爱不息，情不退，便是长久相思。

近热闹，远清冷，更是人之常情。

赏花之时，人们多是专注于花的美，感受花朵绽放时的生机，用心地体验此时此刻的感受，却极少有人会一边欣赏一边去想，花败时会是什么样子。

春夏秋冬一轮回，再到一年春，满山花复开，仍然那么美丽、那么芬芳。行走在花间，完全看不出曾经有过冷清和荒凉。难以想象得到，数月前这里只有光秃秃的枝干和皑皑白雪；难以想象得到，半年前这里风吹叶落，满目萧条。

花谢花会再开，感情也是如此，即便真的一时失去，也不代表它不会再来。若是一心纠结在已失去的事情上，待到花再开，情再来时，无心欣赏，让其白白错过，岂不可惜？

感情在时，好好珍惜，倘若有一日感情不在了，那边不如就让它去吧。失去的感情，无论多怀念终究是无济于事。想要离开的人留也留不住，而已经离开的人也挽回不来。

一个人如果不爱你了，那便是不爱。无论你怎样央求，怎样泪流，怎样哭闹也都无济于事。坚决的心，会比世界上任何一块石头都要坚硬，因为无情的心就会变成顽石。人们说水滴石穿，可这样的顽石遇上这样的眼泪，是无法滴穿的。它需要的是温馨，是爱情，只有他爱的人才能将这颗顽石般的心捂热，融化，只可惜，你不是，或许你曾经是。

想要留下的人不用你去留，他自会留下；想要离开的人，歇斯底里地哀求，也只能换来他的反感。

爱情，是水到渠成的事情，男有情，女有意，那便是爱情的开始。只是世间的女人太过于执迷，一旦相爱，眼里心里全都是男人，再容不下别物。

可终究，这样的爱情是求来的，能留住一时，却留不住一世。

既然不爱了，那么就放手吧！何必要去苦苦哀求一个根本可能会留下来继续爱你的人呢？难为了自己，也难为了别人。不如就擦干眼泪，勇敢地放手，无情的人不值得挽留，在眼泪流下来的前一刻微笑，转身，去呼吸新鲜的空气，蓦然回首，才会发现原来山上的桃花会比往日的红艳，原来不被束缚的心会如此的轻盈。

宿命：相思一夜梅花发

一朵白云，一缕微风，一片阳光，轻轻地闭上眼睛，静静地去感受心中逆流的情愫。忽然之间，仿佛透过了千年的时光，岁月的长河，回到了那个繁花似锦的大唐时代，回到了那个清高的才子身边。

朦胧中，一个神秘莫测的男子似从妖娆的柳树边走来，碧水荡漾，柳枝飘动。他是那个清贫的男子，是那个才华横溢的男子，也是那个命运悲惨的男子。而那柔柔的流光，滋润了那多情的心田，也滋润着那颗悲凉的心。

出生于贫苦人家，卢仝自小就过着清苦的日子，只是心中有着自己的理想，也就不觉得这样的日子清贫艰苦。

至于理想，卢仝和许多其他的才子一样，将毕生的时间和经历都献给国家和百姓，为国家效力，为百姓效力。只不过，才华斐然的他却从未立志为官。他不愿参加科考。于是，十几岁时卢仝隐居在少室山之中，过着深居简出的生活。

当卢仝不再是一个懵懂无知的孩童之后，他走出了深山，走出了一个人的世界。他开始感受到外界的新鲜与不同，只不过卢仝的生活依旧清贫困窘。

艰苦的日子里，每日陪伴卢仝的就只有书籍和占卜，书籍是他的爱好，而占卜是他谋生的方式。

一间破屋,些许书籍,是他的全部。

人生在世,其实很简单,对于卢仝而言,不论是绫罗绸缎还是粗布麻衣,无论是颜色光鲜,还是颜色灰暗,它们都只不过是可以保暖蔽体的衣服。无论是山珍海味,还是野菜粗粮,它们都只不过是家常便饭,能解决温饱问题足矣。与这些相比较,内心的幸福和满足远远比虚无缥缈的事情更加真实和重要。

也曾有人慧眼识珠,为卢仝的才华所折服,便想邀其入仕,但这些邀请都被他一一拒绝了。虽然久居深山,但是卢仝的思想却并没有被深山封闭,他是知道的,知道当时的朝廷已开始腐败,知道那些当朝官员同流合污,然而自命清高的他不愿意在这乌烟瘴气的环境中让自己变得污浊,可大海小舟,仅凭自己一个人的力量却又无力改变整个朝代的命运,于是这一次,他选择了置身事外,冷静观之。

然,一颗心却怎么都冷静不下来,民间疾苦是卢仝心头惦念的事情,虽然不曾为官,但卢仝依旧心系百姓,忧国忧民。平日,他表现出的平静不过只是表面,而他的心从未真正平静过。

或许吧,骨子里卢仝对在朝中任高官,领厚禄,锦衣玉食,美女环绕这样的生活也并不感兴趣,反而安于清贫,独善其身。闲暇时写写诗,品品茶成为卢仝生活里最常做的事情,也是最喜爱做的事情。

对于茶,卢仝有着胜于常人的偏好,而对于诗,卢仝也有着异于常人的天赋。

品茶,品诗,品人生,品情感,卢仝用自己独一无二的才华将它们完美无缺地衔接,糅杂,交织在一起。茶香里,飘散的是复杂的思绪;诗句里,诉说的是人生的感悟;人生里,书写的是命运的脚本;情感里,卢仝用深邃而悠长为我们铺散了一个又一个的故事。

当时我醉美人家,美人颜色娇如花。

>今日美人弃我去，青楼珠箔天之涯。
>
>天涯娟娟常娥月，三五二八盈又缺。
>
>翠眉蝉鬓生别离，一望不见心断绝。
>
>心断绝，几千里。
>
>梦中醉卧巫山云，觉来泪滴湘江水。
>
>湘江两岸花木深，美人不见愁人心。
>
>含愁更奏绿绮琴，调高弦绝无知音。
>
>美人兮美人，不知为暮雨兮为朝云。
>
>相思一夜梅花发，忽到窗前疑是君。

那一天，我不小心喝醉，睡在了美人家中。也不知道当时让我沉醉的究竟是美酒，还是美人的容颜，只记得美人的模样娇俏可人，红润的脸颊，犹如一朵开得正好的花朵。

曾经的美好一去不复返，如今，美人弃了我而去。当初的情意缠绵，今日丝毫看不见。再到旧日欢聚之处，当初的珠箔帷幕仍在，只是物是人非，美人已去天涯，我无处寻。

天空中，一轮明月照得这屋子更加冷清。想起当初嫦娥奔月，远离人间，如今我的美人是否也如嫦娥一样，去了那遥远的地方？月圆了又缺，缺了又圆，好像人间的相聚和别离。

看得到月的阴晴圆缺，却看不到美人身在何方。去梦里追寻她的芳踪，却只是巫山云雨，醒来后更是伤情，痛哭不已。见不到她，看到两岸的树木葱郁，繁花似锦，也觉得喜悦，反而更加伤心。

满心愁绪地弹起绿绮琴，琴声悠扬，可惜没有了知音。美人啊美人，你到底在何方？何时才能回来与我相见？一夜相思，醒来见到窗外梅花绽放，那可是你感受到了我的想念，以此向我表明心迹？

美人相思，相思美人，只是对于卢仝而言，那让人如痴如醉，害其相思的并不是真正的美人，而是一位贤明的君主。他希望社会能够安定，希望战乱能够停止，希望百姓可以安居乐业，只是这些希望想要成为现实，朝中必须要有一位明君，否则，乱世便不可终结。可是，明君又在何处呢？一觉醒来，恍惚间以为得见，却只是自己的一厢情愿罢了。

是啊，不过是一厢情愿罢了，卢仝也希望自己可以一直洁身自好，不涉俗尘，然而，他的这些想法，连同他对国家的期望，直到最后都没能实现。他不去触碰黑暗，黑暗却找到了他。到头来，他只不过说了些实话，却落得个悲惨的命运。

一切都是命运已经安排好的剧本，而我们只需要按部就班地演绎每一场戏，无论这戏的结局是悲惨还是欢喜，都是命运给予我们的安排。强大无敌的命运啊，看似不公，却又是如此的公平，他不会让你的一生都顺利，也不会让你的一生都悲惨坎坷，他不会给予你全部，也不会夺取你的拥有。命运安排的人生里，你总是会得到些什么，然后失去点什么。得到了成长，失去了青春；得到了事业，失去了清闲；得到了利益，失去了初心；得到了自由，失去了爱情。得失之间，你会感到兴奋，然后便是失落。而就在悲喜交加中，我们渐渐成长，长成让我们感到有些陌生，又有些熟悉的人。

漫漫人生，每一分每一秒，我们总是会失去些什么，有些失去我们可以挽回，而有些失去，便是再也无法寻回。贪婪的人们总是想要阻止这一切的失去，想要阻止一些人的离开，想要阻止一些事的发生，可是我们不能预知一切，即使能够预知一些，有些注定要失去的，也没人能控制，比如时间和生命。

悠长的岁月中，我们悄然失去了青春，一步一步向着衰老前进。即使我们不服输，不情愿，可弱小的我们也没有办法让时间停下自己的脚步。正如世间的女子都喜欢保养她们的肌肤，希望永远都能肤若凝脂，吹弹可破，可事实上，她们能保养的只有外在，暗藏在皮肤之下、血管之中的那些衰老，却不可能制止。

生命有限。在有限的生命中，是该不断追忆、懊悔、试图挽留已逝去的曾经，还是该努力、乐观、积极地过好每一刻？我始终相信面对这样的问题时，没有人会选择前者。而许多人在真正面对这样的事情时，却又不约而同地选择了前者。

有人放不开曾经的年少青春，放不开曾经自由自在的生活，放不开全情投入的那段感情……他们以为是过去不肯放过他们，其实是他们不肯放过过去的生活。

最难放开的，是没有结果的结果，就像没讲完的故事总会让人念念不忘，没有结果，所以才会不停幻想不同的结果，才会不断梦见自己想要的结果。

感情世界中，一个人突然离开，走得果断，走得决绝，甚至没有一句解释，没有一次回头，这样的离别，便和一个没有结果的故事一样，总会让留在原地的那个人心中充满疑惑和猜测。疑惑总得不到答案，猜测就会越来越多，想要放下也就越来越难。这样的不舍，其实不是不舍，而是不甘。

有多少人把不甘当作了不舍，以为自己还念念不忘，便是痴情，便是专一。却不知，失去爱人的经历像是一条伤疤，碰触的次数越多，越是无法愈合。不如不去碰触，让它在角落里静养，也许哪一天，它就痊愈了。

爱，自然要全心全意，愿得一心人，白首不相离。可若是纠结于没有结果的感情，只会让自己越活越沉重，错过下一段真爱。得不到的爱，就将手放开，等待下一个人的到来。

第四章

蚀骨：一日之隔如三秋

爱得深，爱得浓，情到浓时化成丝，千丝万缕，连结着两人的心。每每暂时不得见，那丝便会在两人的心上轻轻地拉扯，令心时时感到发紧，有点痛，有点痒。那剪不断的丝，是恋，是情，是相思。

浮云：思君如流水，何有穷已时

朝阳升起，慢慢晕开了夜幕的黑影，柔柔的河水宛如碧玉一般清澈宁静。微风习习，吹起了丝丝的涟漪，一层一层的波浪仿佛是那心中的思绪，嫣然地缓缓起伏。

黑夜退去，白昼的阳光照射着大地。听，那明媚的热光之下，是何处传来一声声柔媚的低吟浅唱？朦胧之中，仿佛看见那多情的秦淮，有着一袭幽幽的倩影，雪白的裙角轻舞飞扬，顺滑的青丝亦随风飘动。清净的玉笛伴着悠扬的歌声，在这片宁静的土地上空盘旋着，盘旋着……

虽是阳光普照，明媚清澈，可却又不知怎的透露着绝世般的悲寂、凄清。

这悲寂和凄清出自徐干的笔下，原来，明媚的阳光下，还可以有照射不到的阴暗角落，心中的思念疯狂地生长，任其在那阴暗的角落里生根发芽。

浮云何洋洋，愿因通我辞。
飘摇不可寄，徙倚徒相思。
人离皆复会，君独无返期。
自君之出矣，明镜暗不治。
思君如流水，何有穷已时。

第四章　蚀骨：一日之隔如三秋

看，那天空中的浮云洁白轻盈，在阳光下缓缓地流动，是如此的悠闲而安逸，也是如此的自由自在。一瞬间，脑中突然萌生了一种念头。如果将心中的话递交给它，它是否能将它们带到我那远在他乡的丈夫身边呢？

细想之后，摇了摇头，还是算了吧。那浮云变化莫测，飘浮不定，不知道接下来要去向何处，我又如何能放心将心事交付给它？相思之情害得我坐立不安，可我却不知怎样才能将它平息，只能徒劳地望着天空感叹。

都说聚散终有时，分别之后终会再见，可到我这里怎么就只剩下分别，没有了重逢呢？生活待人太不公平，为什么别人都一家团聚了，只有我的丈夫还不回来？

自他离开家的那天起，这个家就变得冷冷清清，日子也过得没了滋味。反正无人欣赏，精心妆扮又有何用？索性妆也不化了，头也不认真梳理了。久了，梳妆台就成了摆设，镜子上布满了厚厚一层灰尘，也懒得去擦。

山间流水潺潺，温婉细腻，虽比不上惊涛骇浪的汹涌，天长日久，却也能将溪间巨石的棱角磨圆。心中的相思便如流水般无穷无尽，永不休止。那止不住的相思实在令人难熬，对于恋爱中的人来说，一日不见如隔三秋，又何况数年不见？然而这还不是最难熬的，若是重逢之日可知，至少还有个盼头，可重逢之日不知，每一天都要苦苦思念、猜测、期盼，这日子才真是难熬得很。

没有人了解为何徐干作为一个男子却能够将女子相思的苦楚写得如此淋漓尽致，也没有人知道为何诗中的丈夫会离开。或许是被迫离家在外，数年内不得返乡且不知归期，倘若如此，那便还好，至少应与家人保持书信往来，通报平安；可若是丈夫另结新欢，抛弃了糟糠，那便是最让人伤心的结果,于是,一切都成了自然,无返期则是自然,音信全无也是自然。

封建社会女人必须遵守三从四德,没有自由选择的机会,只有被动接受父母安排的婚姻。然而这并不是悲剧的终点,若是遇上一个好人或许还能过得好一些,若是遇上一个登徒浪子,那么这个女人的一生就会是一个巨大的悲剧,成为深闺别院中的怨妇,更有甚者成为弃妇,生活都会有困难,有人剃度出家,还有人因为疾病或者饥饿最终惨死在异乡。

可我始终不愿意相信,这样痴情的女子会遇到绝情的男子,我宁愿相信心中爱人的不归是身不由己。只是,他的身不由己,让女子成为痴傻的人,苦苦地等待,痴痴地思念。

窗外,阳光明媚,刚从南方飞回的鸟儿落在枝头,唱着愉快的歌曲。紧闭了一冬的窗子纷纷敞开,将阳光和新鲜的空气一同迎进房中。唯有一扇窗,仍然紧闭。

寂静的房间里,只听得到无力的呼吸,窗台上布满了灰尘,一束干枯的花懒懒地躺在花盆里。零乱的床上,一个人静静地躺着,长发凌乱,双眼空洞,面如死灰。床的四周,遍地狼藉,穿过的衣服就那么无聊地堆积在沙发上,床头的柜子上放着一本没有看完的书,好像一个被抛弃的孩子一般孤独。

曾几何时,她也是位热爱生活的女子,乌黑柔顺的秀发总散发着洗发水的清香,举手投足中透着优雅。那时的她喜欢在午后的阳光中一边细细品读名著,一边品味浓香的咖啡。打理花草,整理房间时,优美的音乐总是在空气中盘旋。

这样的生活,在她遇到那个人之后仍然存在。不同的是一个人变成了两个人,安静的生活中多了些热闹。他来了,又走了。来的时候,他让她欣喜万分,走的时候,他让她悲痛欲绝。或许曾经越是幸福,分开时就越痛苦。她的生活彻底乱了节奏，却又舍不得走出。

经历过太多的坎坷，许多人的心已变得坚硬，再听到类似上面的故事，不会再感叹和同情，只会笑那个姑娘太傻。其实，谁又没有傻过呢？

我们曾痴痴地以为爱情就是这样，只要坚持就不会分开，只要用心投入就不会失去，然而痴傻的我们却忽略了爱情其实最为简单，不过是两个人两相情愿的事，而两个人的事情，一个人永远无法做主。我们也曾傻傻地以为自己爱上的人就是自己的一辈子，却忽略了一辈子其实很长，长得会耗尽一个人的耐性和两个人的激情。

在爱情中，我们可以做主的，只有爱或不爱。当所爱的人决定了离开，当那人的心中已经有了另外的人，我们能做的或是让自己继续在一厢情愿的爱中痛苦，或是狠心断了这份已不属于自己的感情继续大步向前。

然而继续这样的爱，便是没有任何的结果。而没有结果的爱，就像是恣意生长的毒瘤，想要活命，就必须要割掉毒瘤，哪怕那疼痛让人无法忍受，可为了活命，还是要忍痛。

人人都知道爱情的甜蜜，人人都知道割舍心爱之人的痛苦。那些曾经有过的点滴幸福，总是让人眷恋的，可当与这些幸福有关的人和自己再无关联时，再去眷恋它们已经没有了任何意义，只能让自己深陷回忆的泥潭里无法自拔，直至被淹没，失去了气息。切不断朝思暮想，便只能让那些回忆和悲伤永远压在自己的心上，让它们越来越重，阻碍我们正常行走。

离开吧，就让他离开吧，那是一段并不值得留恋的回忆，那是一个并不值得托付终身的人，离开也好，离开那忧伤的岁月。流年碎影，终究会把过去的伤痕抚平。从此，岁月安好，只愿这朵出淤泥而不染的莲花，能在下一个轮回中遇见她的那位赏花人。

伤痕：衣带渐宽终不悔

一颗星悄然升起，又轰轰烈烈地坠落。穿过云层时，它的热燃烧了云朵。曾有的自在，曾有的洒脱，化作灰尘，空中飘落。

繁星璀璨，浩瀚的星空里，有一颗星的名字叫作柳永。

柳永，一个令有些人叹息，有些人羡慕的男子。叹息是因为他虽有一身才华，却性格冲动，放荡不羁，以至终生得不到朝廷重用，与高官厚禄无缘；羡慕是因为有无数红颜倾心于他，愿成为他的知己，甚至不惜倾其财物，只为能与他相伴。

柳永，一个具有传奇色彩的男子。据说在他降临之前，柳府中一架古筝突然自鸣不已，曲调动人，半里之外皆能听到。而在他降生的那夜，那文曲星的星光又格外璀璨，无人不以之为吉兆。

出身儒官之家，柳永一生下来，便受到了世上最好的关爱和教育。少年聪慧，谈吐优雅，品性高洁，作为柳家七少爷，少年柳永从没有让柳家人失望过。然而世事无常，柳老爷突然病逝，成为少年心中永远的痛。为了排解心中的苦闷，从此，柳永开始出入一些"秦楼楚馆"，与那些风尘女子和歌妓成为朋友。

柳永的转变令世人叹息，而他自己却不以为然。在柳永的眼中，那些女子都是才艺非凡、身世坎坷的可怜人。他尊敬她们，认同她们，理解她们，并愿意为她们写词。他甚至在作品中将她们描写成才貌俱佳、品行兼备的仙女。

对于柳永而言，最好的生活仍是有红颜知己相伴，红袖添香的生活。琴弦亮丽，玉笛浓艳，羌管淡雅，悠扬的乐声，抚平了烟雨过后的江南，绮丽的彩虹隐隐约约透着清新的气韵。伴着缓缓而起的舞曲，伴着此起彼伏的呐喊与鼓掌声，那个秀丽的倩影轻盈曼舞，众人的惊叹渲染了那抹身姿，眼中的惊艳鼓舞了跳动的旋律。嘴角上扬起的微笑颠倒了众生，但只有她自己知道，这笑靥的背后，充斥着浓浓的思念。

伫倚危楼风细细。望极春愁，黯黯生天际。草色烟光残照里。无言谁会凭阑意。

拟把疏狂图一醉。对酒当歌，强乐还无味。衣带渐宽终不悔。为伊消得人憔悴。

多少次，她曾站在高高的楼上，倚着栏杆，任春风轻轻拂过自己的脸庞。轻轻柔柔的风，如丝如缕，细细地吹着，吹得她心里有点惆怅。目光远望，目之所及，尽是离愁。那沮丧和忧愁在天际弥漫开来，渐渐升上了天空。

落日的余晖，将草的青翠蒙上了一层如烟如雾的颜色。看着这一切，女子依旧默默无言，没有人能够明白她为什么站在这里，也没有人明白她的心里正在想着什么。

举杯痛饮，本想一醉方休，让情怀得到释放，可举起酒杯，却没有兴致。原来勉强求乐，到头来，想得的还是无法得到。任何事情一旦勉强，反而会失去它原有的味道。强颜欢笑，并不能让心里好过多少。

日复一日，女子的身形一点点消瘦，那是思念过后的结果。因为思念，茶饭不思，精神萎靡，面色憔悴。可是，即便如此，痴情的她依旧无怨无悔。宁愿就这样思念下去，哪怕因此变得更加憔悴，仍义无反顾。

世有因景而生情，也有因情而生景。"春愁"的情绪便是因为有着愁的心情，才会从美好的景色中看出一丝丝忧伤。春季是万物复苏的季节，本应给人以希望和美好，然而美景如画，可在相思之人的眼中，这美景也染上了一种忧伤，令人黯然神伤。

芳草萋萋，无边无际。柳永眼见这样的景色，不禁联想到心中的愁绪也如这芳草一般，绵绵无边。在这样的季节里，他因自己的形单影只感到凄凉。他渴望自己的身边有一个人能懂他、理解他，然而现实中并没有这个人。那些懂他的人，都在远方。他只能登高望远，深深思念着她们。

世上人，多如夜空中的星。有些如恒星，永恒地明亮着，遥远而不可触及，令人生羡，令人向往；有些如流星，璀璨一时，在天空中留下一道光痕，而后便殒落人间，风光不再，再也无人提起。世上想成为恒星之人众多，想成为流星之人亦有不少。人各有望，有人希望永恒不变，安稳度日；有人只在乎曾经拥有，不在乎天长地久。

无论在古时，还是现代，每个人都有各自的追求，我们无法断言哪一种追求是对的，哪一种追求是错的，因为我们甚至无法证明自己的决定是对的。我想，只要不曾荒废自己的才华，让它能够释放出它最大的能量，那便是好事。无论轰轰烈烈，还是细水长流，那都是难能可贵的。

相比之下，人们对永恒的渴望似乎总是格外强烈。古代帝王希望永生，希望永远坐拥天下；后宫佳丽希望青春永驻，永远是皇帝最宠爱的妃子；恋人希望彼此永远相爱，相伴一生。然而，希望只能是希望，所有人都清楚地知道这些不可能真的实现，却一而再，再而三地希望。

时间啊，真的是可怕的东西，它会让人们忘了自己的初衷，忘了最初的自己。日复一日，思念的囚牢禁锢着本应自由的身躯，而长久的禁锢早已经让人几近疯狂。于是,那些到不了的永远便不再奢求,那些模糊不清的未来也不再期盼。终究,还是孤零零一个人,心中剩下的也只有尘封已久的往日回忆。

神秘的面纱撩去,面对的是枯燥与无味;美好的梦境醒来,接受的是现实的平淡与庸俗。激情退减,只剩下满身的厌倦。

男人是贪婪的,也是无情的。他们总是会招惹有风情的女人,想要跃跃欲试,等尝到了她们的滋味,便会炫耀显摆,将女人的一颗真心当作谈资。那些尤物就像是一道道彩虹,短暂的存在才是她们的宿命。她们始终不能够与男子永远携手,因为风流的男子无论怎样放荡,还是会回到那个肯为他无私奉献,知心知情的素面贤妻身边。

注定,她只能是他的彩虹,倏忽而来,匆匆而去。

你永远叫不醒一个假装睡觉的人,就像你永远无法挽回一颗已经不爱你的心。

既然不爱,那便好好地爱自己吧!有爱人相伴的日子,我们就努力去丰富自己。爱人不在,我们就经营好自己。不要因为他的离去而辜负了自己的美好岁月,憔悴的面容,哭肿的眼睛,无光的眼神,都不能改变现实的一切。时光不等人,不要等自己两鬓斑白时才后悔没能好好爱自己。

愚笨的女人会将自己在泪水中变为怨妇,而聪慧的女人则会用自己的智慧将自己修炼成璀璨华贵的珍珠。

做最好的自己,等待未来的某一天,遇到懂得珍惜自己的男人,任他将自己摘取,风雅地倾慕,爱护,珍藏一生。

风情：思君如满月，夜夜减清辉

> 自君之出矣，不复理残机。
>
> 思君如满月，夜夜减清辉。

千种风情的《赋得自君之出矣》，只一句"思君如满月，夜夜减清辉"，便将未断的相思情愫牵扯回到了那个月色朦胧的夜晚。

夜晚的月光银华铺散，微风还有些许的清凉，徐徐吹来，吹走了身边的爱人，却吹不散孤独。悲切哀婉，又一幅女子相思图。

心中的那个他究竟走了多久，女子已经数不清了。只记得自从那一日，他离开了家，去了遥远的地方后，女子就再也没有去碰过那架织机。如今，机身上已满是灰尘，破旧不堪了。

天边的月每天都在变化，一夜又一夜，由圆变残缺，变半，再变得消瘦。每缺一点，月的光辉也随之减弱一点。女子在家中惦念着远方的他，那思念也和天边的满月一样清透高洁。只是女子却也和那月一样，每过一夜，容颜就多一点憔悴，少一点光辉。

诉不完的千愁万苦，道不尽的儿女情长，在这一刻，只能双手合握，望向要挂天边的明月，无声，哽咽，无语。

那日的离别给黯淡的心情涂上了阴影，想到他要漂泊远方，想到他要离开自己，而归期却遥不可知，那般的离愁之苦，思念之深怎是几句话就能表达的？

一轮清月，银华残照，凄冷的月色让人陷入了深深的离别之苦中。或许只是自己将离愁寄托给了冷月吧，可曾经如画的景致怎就成了虚设？

曾经相知相爱的人啊，为何就要承受这样的离别痛？此去经年，让人更加怀念过往的浓情蜜意，不知道分别之后的千种风情，该与谁诉说。

短短的四句，笔墨清淡，然而张九龄却在诗句意境的雕琢和表达上为我们呈现了别有的一番韵味。

初识《赋得自君之出矣》，便感受到了那爱之深思之切的惦念，再识《赋得自君之出矣》，知道了那个璀璨夺目的聪慧才子。

上天的眷顾，让他一出生就带着光芒，周身散发着抑制不住的灵气。他并未想要引人注目，可他天生的聪慧总是让周围的人无法将视线从他的身上移开。

张九龄，一个天生聪慧的男子，一个才情斐然的男子，一个毕生都闪耀光芒的男子，他是上天的宠儿，如此，才能解释得了为何他这一生如此耀眼夺目。

这一生，起起伏伏，尽是功劳。为官、为人，他始终跟随着自己的心，做自己。

铁骨铮铮的男儿还会有情情爱爱，更何况是一介感性的文人。文人的心天生就敏感而细腻，如此，堂堂的七尺男儿张九龄才会写出如此缠绵忧伤的相思诗。

或许，相思不是女人独有，男人一旦沾染，会比女人感悟得更加深切。毕竟，聚散离合的事情是不分性别和年龄的。

无论你是坚强的男人，还是柔弱的女子，无论你心思细腻，还是内心强大，这一生，我们总要经历种种的分离和诀别。人有悲欢离合，月有阴晴圆缺。如果没有别离，又何来的相聚？既然相聚，又怎能永远不分离？而人生分分合合，不是我们这般凡夫俗子能够预测的。命运的强大，让我们只能顺从，不能违抗。

诉别离，说相思。

思念为何物？只知道那是离别后的心痛。

离别，那是最难品尝的滋味。心酸中带着苦涩，虽不如黄连般苦，但却让人不忍沾染。纵然是小别，也会在转身的那一刻迸发出悲凉的情愫。

岁月匆匆，不肯停下它的脚步，时光流逝，一丝一缕的眷恋却清晰地显露在心底。伤感的时候，就连天空也不曾被洗蓝，淡淡的忧伤，脑海里充斥着些许茫然，曾经的点点滴滴重现眼前，因为思念早已被分别的前夕所诠释。

大雁南去，掠过长空，那个曾经一路相伴的人将成为人生中的一个节点，那个刚刚你侬我侬的人已打点行囊，走向了远方。

云依旧在飘，水依旧在流，可是人走了，没有语言，没有眼神，没有温度，只留下了深深的思念。即使爱情依旧在，也会被岁月的寂静浸泡得冰凉、冰凉……

离别的话太多太多，思念的情太浓太浓。不忍送别，只觉得那送别的路太短太短，或许已足够长，只是心中的不舍觉得太短。临行的话再多也挡不住崩溃的泪水。心中那道坚强的堤岸，就在转身之际，泛滥崩塌。

固执的人总会有这样的疑问：既然要分别，为什么要相遇？既然不能相守，又为何相逢？但是有总比无强，与君相伴，已是人生幸事，离别是命中注定的无奈，而相思是无奈的唯一排遣。

相思时的情愫是黯淡的，是灰色的，余晖丢下了一抹红色，想要渲染天空的孤单，可银华却牵来了夜幕。静心凝想，一生之中寻寻觅觅，能有几个黑夜白昼的交替？能有几个相聚离别的循环？

没有人知道，但生命中，确实每天演绎着离别与惦念交织的戏码。一段人生，总有些人，安然而来，静静守候，不离不弃；也有些人，浓烈如酒，疯狂似醉，却是醒来无处觅，来去都如风，梦过无痕。缘深缘浅，如此这般：无数的相聚，无数的别离，伤感良多，或许不舍，或许期待，或许无奈。

或许吧，相聚再美，终须一别。割不断的是爱情，抹不去的是思念。那缕缘分不会因为距离而斩断，你我还是会在天涯咫尺中继续遥望惦念。

轻轻地回忆如梦般的曾经，梦里，想要留住那逐渐淡忘的记忆，却放纵自己迷失在岁月的长河中。人生如戏，戏如人生，思念爱人的我们在孤独中寻找着一段段被遗失的记忆。

生命的轮回依旧演绎着相聚离别的情景，一场又一场，一次又一次，一如那段被深藏心底的岁月，在世事的交替更迭中，执着地保留着最后的印记。

你是否也会思念那个身处远方的某个人？含泪睡去，醒来时泪眼婆娑。面对着寒冷孤寂的夜，有的只是那些拾不起来的零碎思念和那理不尽的杂乱思绪。

最后的最后，我们都注定要离去，也许，离别只是暂时的，命运只是给我们足够的时间，来沉淀那些浓郁得化不开的相思情愫。

与君一别，不知何时还会再见。也许是明年，也许是来世。唯愿一切安好，才能安慰我心。

信仰：两情若是久长时

或是大义凛然，或是才华横溢，世间的才子总是希望自己能够成为吸引众人眼光的焦点，拔得头筹。有的是为光宗耀祖，有的是为国家百姓。而相对于拥有美丽的外表，拥有笔下生辉的才华似乎更让人钦慕与艳羡。然而高处不胜寒，幸与不幸，都要亲自体验过才会感知，那便是属于才子的凄凉。

一代才子秦观，一位才华横溢的文人，从郴州到柳州，从横州到雷州，着实是他悲戚的写照。

悲戚，从始至终，灌注秦观的一生。

如果说有些事是上天注定的，那么他的一生应该也是上天早已注定的。他生于平凡，却不愿平凡一生。他有他的梦，在梦里，他有着一双翅膀，自由地飞翔。

秦观年轻时，目睹了黎民百姓遭受水灾的惨状。这激起了秦观心中那颗名为悲戚的种子。放眼世间百态，早已不是自己心中的那片乐土，只有善良、辛劳的百姓依然圣洁淳朴。解救百姓于水火，杀尽世间奸佞成为秦观一生追逐的理想。一首《鹊桥仙》，在世上广为流传。

纤云弄巧，飞星传恨，银汉迢迢暗度。金风玉露一相逢，便胜却、人间无数。

第四章 蚀骨：一日之隔如三秋

柔情似水，佳期如梦，忍顾鹊桥归路。两情若是久长时，又岂在、朝朝暮暮。

有人喜欢秦观的词，也有人觉得秦观笔下的文字过于高古，甚至显得有些沉重，但没有人能够明白，秦观的骨子里是婉约的，是随性的，是别出心裁的。他的才情与眼界之高是不需要别人理解的。秦观时而在家闭门读书，时而出门远游。无疑，这样的人生让人艳羡，可也总觉得似乎悠闲之中缺点什么，比如理想与抱负。

人各有志，理想不分大小，抱负不分高远，有谁说身为男儿就一定要报效国家？又有谁规定，男人就一定要轰轰烈烈地干事业？自古官场险恶，步入官场，人生就似乎被黑暗笼罩，完完全全陷入混沌之中，渴望光明，想要挣扎，却不知该朝向何方。无奈之中，也只能随着这样的混沌与黑暗，起起伏伏。

从年少到成熟，从不经世事到参透世事，秦观在不断改变。然而他的一词一句，他笔下的一切都有着随风而舞的婉约之感，是那般的含蓄隐晦，却又那样的让人伤感。同样是风，我们的眼中不过是传递清凉与寒冷，而在秦观的笔下，那风却是可以带来离别的味道的。他的文字，似乎很简单，但饱含深韵。如他的文字一样，秦观很简单，简单到他只想通过他的文字去告诉其他人，自己拥有才华。他渴望梦想成真，渴望为官治世。

然而，此时的秦观即将步入中年，依旧未能走上仕途。怀才不遇，这不禁让他感慨万千。于是，早已按捺不住的秦观听说苏轼来到了徐州，便匆忙赶去拜谒。对于秦观这一次的到来，苏轼是知道他意图的，而苏轼自己也不愿秦观这样的才子被埋没被忽视，便写信四处向人推荐秦观。

于是，众多文人墨客前来看望秦观，想要瞧一瞧到底是怎样的才子让苏轼如此重视。一番饮酒作赋下来，秦观不仅在众人面前展现了自己的才华，也为自己赢得了跻身名流的机会。似乎，秦观离自己的仕途之梦只有一步之遥，触手可及。

或许是皇天不负有心人，或许是好事多磨，不论过程如何坎坷，秦观终于在自己三十六岁的那一年，进士及第，步入仕途。梦想照进现实。而那一年，秦观也开始离开家乡高邮，远走他乡，足迹遍布天涯海角。同样，也正是这一年，成为秦观坎坷仕途的开始。

有些事，身为凡夫俗子的我们总是无法预料，就在秦观刚刚为官不久，朝廷就发生了翻天覆地的变化。神宗逝世，哲宗继位，一朝天子一朝臣，风起云涌的背后，旧党内部也是纷争不断。本以为可以大展身手、施展才华的秦观，却同苏轼一起被贬，纵使秦观富有卓越的才华，也适应不了这样黑暗的朝廷。他总觉得，自在随意，甚至隐居山水之间才是他的归处。

一波未平一波又起，就在哲宗继位的第二年，本应进京应试的秦观却被人诬陷，被扣上了莫须有的罪名，无辜的秦观最终不得应试，失去了宝贵的机会。短短几年，却异常坎坷，这一路的跌跌撞撞，让秦观的仕途不如最初想象得那般顺利。就在几年之后，秦观再一次被推上了风口浪尖。因为贾易诋其"不检"而被罢去正字。

曾经，他走出家乡高邮，走进这个纷繁复杂的世界，是的，他想要出来走一走，想要高就任官，为朝廷为百姓效力，可事与愿违，屡屡受挫。好不容易在接近不惑的年纪实现理想，却又三番两次遭受诬陷而贬谪。似乎，是上天嫉妒秦观超出常人的才华，让他承受超出常人的坎坷磨难。就在这接二连三的打击中，秦观的身上少了曾经年少的慷慨之气，多了几分人到中年的苦闷与伤感，那是无情的岁月在他身上和心中留下的痕迹，刻骨又铭心。

不知不觉，秦观已经成长为一个成熟的男人，没有了年少时候的澎湃激情，也不再拥有少年情怀。屡次被人诬陷，屡次被朝廷贬官，让秦观看淡了很多事，也明白了很多事。也许，有些事只有亲身经历才能深有感触。

期望越大，失望越大，这是不变的真理。人生就在这不断的期望与失望之间穿梭往复，来来回回，直到生命的尽头。而人心，也在这期望与失望之间振作消沉，反反复复，直到停止跳动。

如果可以选择，或许我们都不愿过这样的人生。而于秦观，我们更愿意看到身为诗人的他，用笔墨恣意抒发自己内心的感悟，而不是看他在黑暗的官场中沉沦。

于秦观而言，一生短短几十年，都在仕途上挣扎、徘徊。岁月变迁，他已经从一个血气方刚的年轻小伙蜕变成一个历尽风霜的中年男人。一路走来，他比一般人更加坎坷。幸好，他还是那个秦观，幸好，他还有诗词做伴。

那个有书生气的男子在黑白之间抒发着细腻的情怀，这样的画面总是在脑海中勾勒许久许久，而秦观，也为我们勾勒出了一幅相爱而不得见的相思图。

轻盈的云彩在天空中幻化成各种模样，流星飞奔而去，为的是快一点将银河这端深深的思念和幽怨传递到另一端。河的两端，有着一对相思情重、相见情切的恋人。只有到了每年七夕之夜，他们才可以悄悄渡过迢迢的银河，与心上人相逢。

金风玉露的秋天，那相思刻骨的两人终得再见。这一见，便冲淡了所有相思时的哀伤。虽然每年只得见上这一面，可比起那些长相厮守，却又貌合神离，心中惦念着他人的夫妻，他们这一对才真正称得上是一对爱人。

久别重逢，相互依偎，倾诉着满心的柔情和爱意。他们满心幸福，可遗憾的是，幸福的时间总是过得太快。短暂的相聚就像梦一场，转眼便要结束。不得不再次分别，踏着鹊桥背向而行，却不忍心去看那鹊桥路。

心中的情不变，爱不移，天长日久仍如初，便是最好的爱恋。有了这样的爱，哪怕不能朝夕相伴，日日贪欢，又如何呢？

人人都明白的道理，但并不是每一个人都能做到。

当爱情来临的时候，人们总是忘乎所以地全情投入，恨不能时时刻刻在一起。不得愿，便生成了相思，也误解了爱情的含义。

爱情不等于恋爱，除了缠绵厮守的欢乐，还有努力生活的坎坷。爱情需要陪伴，却不是只需要陪伴。陪伴确实是最长情的告白，但若一心要求陪伴，那便成了过分的依赖。

人离不开生活，真正的爱情也离不开生活。而生活，不是只要有陪伴就可以一帆风顺，万事无忧。孤单寂寞时，想要有心爱的人陪在身边，安慰自己，这是人之常情。若是以此为全部的生活，那生活就不是生活，爱情也不是爱情了。

终究是独立的个体，相爱的两人希望拥有彼此的关爱，却也要能够独自面对孤单，独自面对恐惧，独自处理身边的各种问题。单纯的依赖不是爱情，只是对自己软弱的纵容，对自己不负责任的借口。

牛郎织女的故事只是神话，然而这样的感情却真实存在于这世上。世间许多的情侣、夫妻，相隔两地，却彼此牵挂，相互关心。他们不能直接出现在彼此的生活里，却又无时无刻不存在于对方的精神世界里。这便是最好的陪伴，是一种相互理解的过程，是一种精神上的交流，而这样的爱情，是会历久弥新的。

婚姻、爱情的萌生，是一时一刻的荷尔蒙运动。可生活的继续，却需要细枝末节的经营。再美好的爱情也会最终步入婚姻，当生活的琐碎消磨了最初的浪漫，你就会发现，原来面包可以有，爱情也可以有。

等待：帘卷西风，人比黄花瘦

诗词中走出来的女子，多情，妩媚，娇美，柔婉，而诗词给予她们的，却是无限的哀愁与悲凉。

才女李清照的词，始终有一种多情人为情消得人憔悴的心境。那些眉黛浅处的欢欣与轻愁，化作一片片情，浸润在每一片宁静的时光里。年少时的一首《如梦令》就在济南城的大街小巷广为流传。小小年纪，李清照就成为了一时的传奇人物：尽管她年纪尚小，却才华横溢，不但诗词歌赋样样精通，而且对于书籍典册更是有过目不忘的超强记忆力。灵秀的山峦和清澈的泉水激发了清照的创作灵性，让她在少女时代便名噪一时，初露锋芒。

春去夏来，草木浓绿，花儿争艳。时光每一处的精雕细琢都逃不过她那颗敏感细腻的心。鸟儿的羽翅在逐渐变得丰满，树木的枝叶也在逐渐变得繁茂，就在这样美好的季节，李清照也逐渐地变得丰盈。每天清晨，当看见那温暖清爽的第一缕阳光，她都能感受得到时光逝去的安然与静谧。岁月流逝，属于少女的那些美好寄托与情怀就如同那落入溪流中的花瓣，默然无语，随水而去。

转眼间，清照到了花一般的年龄，已有媒人络绎拜访登门，此刻到了谈及婚嫁的年纪，即便再爽快豪气的女子，也会掩口浅笑，眉眼含羞。毕竟是如此轻的年纪，在那羞答答的笑容下，还是有着一颗好奇而且不安的心。

对于爱情，李清照早已有了心上人，那便是赵明诚。

宋徽宗建中靖国元年（公元1101年），于汴京，李清照结束了闺中少女生活，为自己心爱的人，披上了大红的嫁衣，接过了甜蜜的红线，和当时还在太学读书的书生赵明诚结为夫妻。而彼时，清照芳华十八，赵明诚年二十一。

甜蜜的夫妻二人，不仅伉俪情深，而且还兴趣相投。他们将婚后的生活过得有滋有味。赵明诚酷好金石，在攻读经史之余，对于彝器、书帖、字画，每每刻意搜求。转眼之间，婚后一年的时间过去了，李清照对于金石学也有了浓厚的兴趣，她开始帮助丈夫考证、鉴别。夫妻之间的感情也因此而越来越深，夫妻二人常常一同搜求金石字画，研读古书。这样的生活情趣是深为世人所艳羡的。

在那个不允许自由恋爱，婚姻全凭父母之命、媒妁之言的封建时代，清照与明诚二人能有这样的爱情结局，真的是可遇而不可求的。这段让人艳羡的爱情，始于父母之命、媒妁之言，却又难得地琴瑟和鸣，两情相悦。李家有女初长成，情窦初开的李清照最终把手里的那个绣球抛给了一个叫赵明诚的男人，也把自己的幸福交给了他，把自己的一生交给了他。

离别，总是愁苦的。暗沉的夜色静谧如水。银光荡漾，不知不觉中，便把那脉脉的相思与哀愁倾洒了整个大地。

从赵明诚太学求学，到后来的出仕，从父亲被遣回京，到后来自己的背井离乡，李清照总是与相思有着解不开的纠缠。

每每念起爱人的名字，每每写着那些字，每每念着那些词时，李清照总是想起曾经与赵明诚的如胶似漆，仿佛赵明诚那双清眸浮现在眼前，一脸期盼，一脸沧桑。秋夜已凉，手里的荷花，一颤，便落了满地。想起心中的丈夫，内心便悲痛隐隐，心血斑斑。

第四章 蚀骨：一日之隔如三秋

李清照，一个多愁善感的女子，而多愁善感的女子最需要这世界温柔对待。可世事无奈，越是这样的女子，越是容易经历悲伤。乌云从她窗前经过，带走了一缕阳光。她的世界从温暖如春，变得凄凉。

薄雾浓云愁永昼，瑞脑消金兽。佳节又重阳，玉枕纱厨，半夜凉初透。东篱把酒黄昏后，有暗香盈袖。莫道不消魂，帘卷西风，人比黄花瘦。

不时的离别，让清照在明诚出门久了之后，开始变得慵懒起来。爱人不在身边，似乎一切都变得索然无味。彼时的清照总是日上三竿之后，才缓缓起床，独自坐在花香充溢的房间，听着门外叽叽喳喳的鸟叫声，轻舒四肢，对着铜镜，反复端详自己的容颜。

从早到晚，空气中一直弥漫着薄薄的雾气。天空中，那云层又是如此浓厚。这样阴沉的天气最是恼人，令人一看就感到愁闷。偏偏今日又是重阳佳节，每逢佳节倍思亲，这愁闷的感觉也就更重了几分。百无聊赖地看了一眼香炉，金兽形状的香炉里，点着的瑞脑就快燃尽了。

重阳佳节，本应是一家团聚的日子，可这家中却少了一人。天气一点点变凉了，独自一人躺在放着玉枕挂着纱帐的床上，总感到凉意阵阵，睡不安稳。特别是夜半时，那凉气总能穿过纱帐，将全身浸透，实在不比当初夫妇团聚时那满帐的暖意。

黄昏时分，起身出了房间，来到东篱赏菊饮酒。这本是重阳节的惯例，可此时，这样做的目的只是想要以酒消愁。菊花开得美极了，晚风将缕缕花香送到身边，清新扑鼻，只可惜这样的美景，却不能与远在他乡的丈夫共赏。

旧愁未去，又添新愁，难得起了点赏花的兴趣，此时却又淡去，只得回到房中。晚来风急，西风掀起珠帘，园子里的菊花应也正迎风而抖着吧。那菊花的茎细而长，抵抗这样的秋风，定是十分辛苦的。

然而，这房中的人儿啊，已经因为思念变得比菊花还要消瘦了。

寂冷的秋夜，落雨的窗前，李清照悲痛，忧郁，叹风雨葬花，如葬芳春。借酒消愁却又黯然醒来，一语轻叹，沉醉了千古人。"东篱把酒黄昏后，有暗香盈袖"，怎能不令人销魂慑骨？相思的"帘卷西风"又吹冷了多少伤心人？

多少世人感叹："男有李后主，女有李易安。"可这后世的浮华，对于李清照来说却是浮沉，沉浮之后便是伤心欲绝，痛彻心扉。

因为离别，也因为思念，而思念，总是痛心的，离别，总是愁苦的。

重阳佳节，一个团圆的日子，可此时李清照的身边，却没了那个共插茱萸的人，于是，这个日子便成了装满思念的日子。对于沉醉在爱情里的李清照来说，对于丈夫的思念更是加深，于是便在重阳节写下了这首词寄给赵明诚。刻骨的相思，浓浓的爱恋，深深的眷恋，她借秋风黄花把细腻的相思情感表现得淋漓尽致。

相爱的人们，都知道离别后相思的苦，却又都不肯绕行，只是因为自己贪恋那爱情的温度。经历过爱情的人，大抵都尝过那离别的味道。可如果爱情真的少了那让人煎熬的思念与不舍，就算是温馨的话语，浪漫的结局，就算是皆大欢喜，却也因为少了些起承转合，跌宕起伏而容易让人遗忘，因为这样的爱情实在是太平淡了。若无这些相思之苦，爱情也许会黯淡许多。

为情所生的我们，常常在遇到了爱情的时候，身不由己，只得饱受离别怨、相思苦，可自己又甘心情愿，甚是矛盾。就像那飞蛾一般，不顾一切地扑向那随时会让自己死去的火苗。

别离后的相思总是如此的苦涩而持久，如同浓茶流过舌尖的滋味，回味持久。然而当等到久别重逢的那一刻，等到所有的思念都已得偿的时候，等到心里所想的那个人就站在自己眼前的时候，心中的那份甜蜜激动，或许已经不是文字所能表达的了。其实，这世间所有思念着的人，都是如此普通，他们单纯地渴望，每一天和爱人共沐晨曦与余晖。

所以，离别总是值得的。而思念的人，有时也是幸福的。

当心爱之人短暂地离开，相思之情便会悄然而生，弥漫在我们的心里。

两情相悦的相思，忧伤中总带着一点甜意。想起他，想起过去，想起未来，那些已经过去的幸福总令人回味无穷，若将此时的相思调和在一起，那种相思之苦就变得有些淡了，还会时而散发一些清香。再想到将来可能拥有的更多幸福，嘴角就会不知不觉地浮现出一丝笑意。

爱情啊，就像是诱你喝下去的酒，甘美无比，让人陶醉。但由此而来的，却是无穷无尽的相思苦楚。

爱情里的相思，有时是件美好的事情，而有时却又让人痛苦而心碎。

人间的爱恨别离总是那样的无法摆脱，也是那样的不可预测，仿佛昨日的狂欢还历历在目，转瞬之间便已成了苍凉。短短几年的时间，就像是做了一场梦一般，只是，这个梦实在是太长太长了。梦醒了，迷茫之间才发觉一切都未曾发生，失落遂生心间。

花落梦醒，现实中的我们，还是那样的孤孤单单，曾经那些只属于两个人的欢声笑语，那些只属于彼此的逗趣回忆，仿佛只存在于自己的梦中。那些本以为甜蜜无法忘却的曾经，会被彼此的爱、这种莫名其妙的感情，硬生生地变成痛如刀割吗？

让人心底流血的，不是爱，而是分离。

而离别后的等待，又是那样的让人心疼。可偏偏这漫长无比的等待是有情人的家常便饭。似乎从出生开始，那些有情人便接二连三地经历着自己人生中一个又一个的等待，他们无法与命运抗争，也没有改变的机会。他们就在这样的等待中挨过了一个又一个的秋季，他们的一生，就像是一条亘古绵延的河，而他们自己，则是那河上船只的过客，与滔滔不绝的河水相比，他们的存在实在是太微小了，微小到只能顺着蜿蜒的河道不停地划下去，他们期望着，期望着自己能够在某个港口停下来，去看看沿岸的风景也好。只要停一停，就好。但，连这个，时常也不能如愿。于是，时光便在一日一日的潮起潮落之间流逝而去，乘一艘轻盈的船朝着某个未知世界的边缘漂去。

也许这就是世人的宿命吧。

难挨的思念，其实是一种病，是一种从爱恋延伸出来的病，是一种无可救药的病。人们被别离的相思折磨得煎熬难耐，而如此的相思之病，要由心中的那个人来医，也只能由心中的那个人来医。

魂牵：一日不见兮，思之如狂

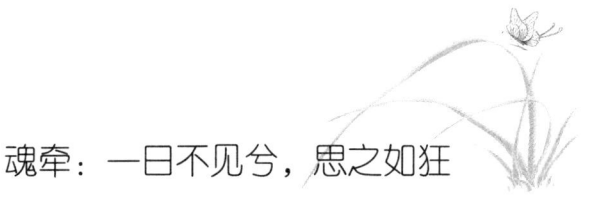

提起司马相如，便会让人不由得想起卓文君，似乎他们的爱情早已经深入人心，融为一体，不可分开。岁月流逝，绵延至今，多少红尘痴情，多少爱恨纠缠，如今也不过是沧海一粟。他的一句"有美人兮，见之不忘。一日不见兮，思之如狂"宛如沾了血的桃花，嫣红得让人心痛，道尽了世间痴情人的相思之心。

相思，不过是因为心中那个叫作卓文君的女子是如此的让人魂牵梦绕。她没有西施倾国倾城的美貌，没有李清照的传世佳品，没有王昭君的胆识决绝，即便如此，却也无法抹去人们对她的记忆，因为她有着只羡鸳鸯不羡仙的爱情，有着《凤求凰》的绝世佳话，有着《白头吟》的伤心凄凉……

少女卓文君，生得亭亭玉立，落落大方。她精通诗文，通晓琴乐，才气自是不凡。豆蔻年华，绮年玉貌，她将自己全部的美好都留给了深闺之中，一颗芳心也承受着无边的寂寞。对于爱情，卓文君曾期待过，曾迷茫过，也曾畏惧过。爱情不需要过于完美，也不需要过于唯美，那只会让人感觉不真实。那样的爱情只有童话中才会有。对于爱情，她似乎有一种近乎苛刻的偏执，她在期待，期待那种不带瑕疵的纯洁爱情。

一切的幻想与憧憬，在司马相如出现的那一刻，成为现实。仿佛他的到来是一场悄无声息的甘霖，瞬间催开了卓文君那朵爱情的花蕾。

某年某月的某一天，在一场父亲卓王孙的宴会上，司马相如来了，风度翩翩的他带来了卓文君憧憬已久的爱情，也带来了那一曲后人艳羡的《凤求凰》。

一曲《凤求凰》敲开了卓文君的心扉。从此，在她的心底，只有司马相如的身影，难以抹去，无法忘记，那清秀俊朗的模样深深地印在了她的脑海里。如此这般，陷入爱情的卓文君因为有了司马相如这一人而充盈着完满与甜蜜。

深陷爱情的男女总是那样的不管不顾，只享受了彼此的美好与甜蜜。她对他一见钟情，他对她山盟海誓，既然选择那琴声，便也跟定了那琴声。可是有些时候，爱情却并不是两个人你情我愿的事情。倘若世间的爱情都能如此顺风顺水，那么千百年来就不会有那么多的悲剧发生。对于卓文君与司马相如的相爱，父亲卓王孙是反对的，而且是强烈反对。门当户对的爱情才是卓父想要的，自己怎么能把如花似玉的女儿许配给一个一无所有的穷苦书生？

可是相爱的人啊，哪管得了那么多！爱情的甜蜜就是他们唯一的渴望，哪怕中毒也要饮鸩止渴，哪怕已经穷途末路也要紧紧相随。于是，卓文君放弃了富足的生活，跟着那个穷书生决绝地走了，不在乎曾经拥有的一切，只希望一生一世与他相伴相依。

一场私奔过后，卓文君与司马相如在临邛老家不远处开起了一家小酒馆，卖酒为生。日子虽然不如从前养尊处优，富裕优越，但女子卖酒，男子打杂陪伴左右，也着实让人羡慕。只要夫妻恩爱，即便受苦也是甜。那时的同甘共苦，会成为卓文君心中永远的回忆吧！

可怜天下父母心，父亲卓王孙怎能让女儿受此委屈，让旁人说卓家的闲话？奈何事已至此，生米已成熟饭，也不得不认下司马相如这个女婿。

那样一段美好甜蜜的爱情岁月,那样一段你侬我侬的伉俪情深,美好得让人觉得并不真实,可卓文君与司马相如却真真实实在人间演绎了一段佳话,只怕这样的爱情就连那天上的仙子也要羡慕几分了。后来,《凤求凰·琴歌》被创作出来:

> 无奈佳人兮,不在东墙。
> 将琴代语兮,聊写衷肠。
> 何日见许兮,慰我彷徨。
> 愿言配德兮,携手相将。
> 不得於飞兮,使我沦亡。

那位模样秀丽的女子,只见过她一次,就再难忘记她的样子。一天不得与她相见,对她的思念就无比强烈,想得我快要发狂。凤鸟不断在天空中翱翔,为的是寻觅与它相配的凰鸟。我现在就如那凤鸟一样,四处寻找我的爱人。可我的那位佳人不在东墙。

我的话无处可诉,便用琴代替言语,将我心中的情意表达。想问问你什么时候才能同意我的求婚,让我不要再整日为此事烦忧彷徨。真心地希望我的德行可以配得上你,与你携手共度余下的人生。可是我却不知你的心意,无法和你并肩齐飞,我的心就在这样的情愁中日渐沦陷,几近丧亡。

同样是"凤求凰",可它们却不仅仅是一个爱情故事,浪漫的背后,还具有更深一层的意义,那便是对封建思想禁锢的反抗。

泱泱大国五千年,不知道究竟要追溯到何时,只是到封建守旧的社会,那些青年男女没有恋爱的自由,而婚姻大事更是必须通过"父母之命,媒妁之言"。若是"钻穴隙相窥,逾墙相从,则父母国人皆贱之"。似乎在世人眼中，遵从封建礼教的婚姻会得到人们的祝福，私定终身则只会遭到唾弃。

然而，爱情就是两个人的事，男人喜欢女子，女子倾慕男人，便是如此。冲破封建的禁锢，那些青年男女向往爱情，才会对司马相如和卓文君不顾封建礼教，追求真爱的行为感到羡慕。

在这世上，没有人不渴望拥有真爱。然而不同的成长环境，不同的经历，加上不同的天性，让人们对于真爱的理解也不同。

一千个人的眼中有一千个哈姆雷特，而对于真爱的定义，人们也都有着各自的理解和想法，有人觉得真爱是心甘情愿为对方付出一切乃至生命，有人觉得真爱是能够包容对方身上所有的毛病，有人觉得真爱是时时给予对方无条件的关心和爱护，也有人觉得真爱是无法压抑的激情和冲动。

我们不去深究到底哪一种才是真爱，但我们都不可否认的是，真爱不会被任何事情所影响，无论别人如何评价你们的感情，或是如何评论你们两个人，只要是彼此真心相爱，便不会被外界所影响。因为真正爱一个人，绝不会因为别人的一两句话便断了爱他的念头，改变对他的看法；也不会因为他的外在条件发生了改变，便不再爱他。即使周围的人投来诧异的目光，仍然可以大方自在地牵着彼此的手，从那些目光中平静地走过。

真的爱一个人，爱的是一定他的全部，爱他的优点，也能接受他的缺点。或许他的习惯中有你一直不喜欢的，但因为是他，就可以接受。

爱可以冲破一切阻碍，无论家世背景，身份地位。真的爱一个人，爱的一定不是他的外在条件，不是他多么富有，多么潇洒，多么体面，而是他究竟是一个怎样的人。这样，即使有一天两个人不得不分开，也不会是因为不再相爱。

爱一个人，就大胆承认，不是对别人承认，而是对自己承认。承认这份感情的存在，不要刻意逃避，哪怕明知这段感情只是自己一厢情愿，或者明知那人不能与自己天长地久。既然爱，就义无反顾。

仿若司马相如那样。如果不是司马相如的到来，或许卓文君不会知道，世间竟有人能把六弦琴抚得那样悠远曲折，宛如那流淌不尽的高山流水，缓缓而来，衬得那情意绵绵的《凤求凰》柔情似水，妩媚无限。

第五章 天涯：依依不舍伤别离

不知世上为何要有别离。每次别离，总会惹得许多人伤心流泪，郁郁寡欢，总会使一些人陷入沉痛的悲思，珍馐佳肴也食之无味。或许，别离的存在，是为了教会人们更加懂得珍惜吧。只有懂得了别离的痛，在一起的时光才更显得珍贵。

初心：一怀愁绪，几年离索

鸳鸯成双而栖，彩蝶成双而飞，皆令世人生羡。有道是只羡鸳鸯不羡仙，世间痴男怨女，无不希望能和心爱之人两情相悦，白首到老。无奈风雨无情，狂风暴雨之中，一对对鸳鸯被冲散，有生之年，再无关联，只留挂牵。

遥远的宋朝，曾有一对男女，他们是世人眼中完美的恩爱夫妻。他们都出身于官宦之家，男子风度翩翩，饱读诗书，女子优雅得体，才貌俱佳。每当提及他们，人们的眼中都会充满羡慕的神色。邻里说他们"伉俪相得"，朋友说他们"琴瑟甚和"。

他们算得上青梅竹马，早在少年时期便已相识。那时的他是忙于赶考的懵懂少年，那时的她是涉世未深的天真少女。因为两家有亲戚关系，他们曾在同一屋檐下生活过，并一起度过了一段快乐的时光。见他们自小要好，情投意合，两家的家长心中也有了主意。于是待两人都到了嫁娶的年纪时，两家的家长便安排他们成了婚。

古时，男女嫁娶全凭父母之命，所以许多夫妻直到成婚当天才知道自己的另一半长什么样子，直到一起生活了数年才知道对方是什么样的人。与那些夫妻相比，他们二人幸福得多。本就是两情相悦，又是门当户对，亲上加亲，只是说起来就足以羡煞旁人。谁也想不到，仅仅三年，一切幸福就戛然而止。而幸福的结束并非因为男子的移情别恋，也不是女子的不守妇德，而是男子的母亲棒打鸳鸯。

当初，是男子的母亲极力促成了这门婚事，如今，也是她逼迫儿子与儿媳分离。说到原因，她能列举出两条：儿子娶妻之后沉迷于和妻子吟诗作画，不务正业；儿媳嫁入两年都不曾有子嗣。虽然只有两条，但古人常说，不孝有三，无后为大，第二条原因已犯"七出"，在古时，足够成为男子休妻的有力依据。

男子对母亲的命令不肯从，却又不得不从。于是他想了一个办法，假装将妻子驱逐出门，实则找了一处偏僻的地方，将妻子藏了起来。谁知没过多久，此事还是被他的母亲知道了。一日，他的母亲谎称有事叫他回家，等他刚刚离开妻子的藏身之处，他的母亲就带人冲了进去，找到了他的妻子，直接将其送回了娘家。

女子的父亲得知女儿被休的原因，十分气愤。他没想到自己的妹妹竟然做事如此决绝，如此狠心，一点情面都不讲。一气之下，他在女儿回家后不久，便将女儿改嫁给一名皇族宗亲。此人身份地位都要高于女子之前的丈夫，而且为人谦恭，脾气秉性都极佳。女子的父亲想，女儿嫁到这样的人家，一定不会受委屈，能过上好日子，然而他的女儿虽改嫁他人，心中惦念的却仍然是曾经的夫君。

男子也同样惦念着曾经的妻子，得知对方改嫁后，知道自己再无与她重修旧好的机会，于是心灰意冷，同意了母亲的提议，另娶了他人。可即便如此，他的心中还是放不下曾经的妻子，不时悄悄打听对方的情况。直到听说对方过得不错，才勉强放下心来。

相爱的两人，就这样成了两条平行线，过起了各自的生活。多年后，一次偶然的机会，他们在沈园又一次相遇了。此时男子已过而立之年，并与后来的妻子有了三个儿子。再见到当时的爱人，他的心中百感交集，思绪万千。特别是看到当年那如花的少女已成人妇，面容憔悴，身形消瘦时，他的心里更是五味杂陈。对方安排了酒肴，邀他饮酒叙旧，席间，想起二人的曾经，愁上心头，令他不由得多喝了几杯酒。酒席过后，他将满心的愁绪化作一首词，写在了沈园的墙上。

红酥手，黄縢酒，满城春色宫墙柳。东风恶，欢情薄。一怀愁绪，几年离索。错、错、错。

春如旧，人空瘦，泪痕红浥鲛绡透。桃花落，闲池阁。山盟虽在，锦书难托。莫、莫、莫！

是的，这位男子就是宋朝著名的词人陆游，而那位女子便是他曾经的妻唐氏。他写在沈园墙壁上的词，便是著名的《钗头凤·红酥手》。

在词中，陆游描写了他自己的爱情悲剧，词分上下两阕，上阕是对美满爱情生活的追忆，以及对前妻的愧疚。下阕是对现实的感叹。上阕的三个"错"，以及下阕的三个"莫"，都突显了他心中的苦涩。

在陆游的记忆中，唐氏的手红润酥腻，他还记得她曾用那双手为他捧过一盏黄縢酒。而此时，虽然满城荡漾着春天的景色，可唐氏却已像宫墙中的绿柳般，只可远观，不可触及。他恨那可恶的春风将欢乐的情绪吹得稀薄。几年的分离，让愁绪日积月累，最后酿成了手中这满满一杯的酒。想起当年的点点滴滴，只能在心中感叹：错，错，错！

春天的景象依旧美丽，不同的是，当初红润的脸庞已没了血色。他知道，那一定是相思的折磨，才让丰姿绰约的人变得如此消瘦。脸上的胭脂红褪了颜色，应是被泪水冲刷造成的。那薄如蝉翼的绸帕也已湿透。桃花零落了一地，池塘边的楼阁上再没有人去过。曾经的海誓山盟还在心中，只是没办法写信交付给她了。又想起当年的点点滴滴，只能在心中感叹：莫，莫，莫！

陆游写下这首词时有些醉了，却也算不得完全醉了。多年积压在心头的情感，就在这一日，借着酒劲全部释放了出来。写过了词，他将笔一挥，扬长而去，却不知这样一首词让唐氏陷入了尴尬的境地。他并非有意破坏唐氏的婚姻，也并非有意要唐氏为难，他所做的一切只是情不自禁。如果他当时预料到这样做会间接导致唐氏的抑郁而终，他或许就不会这样做了。

爱一个人，若是注定不能拥有，不如让他幸福。而让他幸福的方式，就是将曾有过的一切都收藏在心中。相思可以有，却不需说出。两相情悦的相思之情，相互倾诉，尚可聊表心意，一解心中苦闷。单相思的相思之情则不然，若那人过得更好，说出相思意，只会让那人困扰；若那人过得不好，说出相思意，也不过是让那人更加忧心。

既然是不得不放弃的感情，就意味着继续下去，只会令两人都更加难过，受到的伤害也会更重。正如陆游和唐氏，如果他们固执地不肯分开，坚持要一起生活，与陆家夫人之间无法避免的冲突就会越发严重。陆家夫人的强势，传统观念，都会让他们到最后还是不能在一起。若是待到唐氏年老色衰之后再将其休了，唐氏怕是连过普通的生活都没有机会了。

旧情难忘的人，需要很努力才能假装平静，假装忘记。可若是有一个轻微的声音敲响了他的心门，那些尘封的往事会立刻从心底涌出，渐渐变得清晰。一念起，天涯咫尺；一念灭，咫尺天涯。

放手，有时也是一种祝福。如果自己给不了爱人想要的生活，不能让他平安幸福，倒不如放手，让他寻找新生。手机里可以还留着当初的甜言蜜语，海誓山盟，却不需要让任何人看到。相册里可以还留着当初亲密无间的照片，却不需要让任何人知道。可以静静地想他，默默地关注他，却不需要向别人打听他的消息，问他过得好不好。即使，他在你心中仍然重要，而你在他心中也仍然重要。

对于过去的感情，既然已经放弃，无论被迫还是情愿，放弃就意味着结束。当逝去的时光一去不回，当曾经的人不再是自己的专属，不打扰，不言语，就是对那人最好的保护。

秋风：何如当初莫相识

清冷的秋风吹过，明朗的秋月当空。秋风将地上的落叶吹聚到一起，又将它们吹散，这样重复着一遍又一遍。寒鸦本来早就睡去，如今却又被这明月和秋风惊醒。一心盼着与那人相见，却不知何时才能真正相见，一解心中的相思。独自一人身处异地，恰逢这样的一个秋夜，这样的风，这样的月，都让人思念之情更加浓烈。

秋风清，秋月明，落叶聚还散，寒鸦栖复惊。相思相见知何日？此时此夜难为情！入我相思门，知我相思苦。长相思兮长相忆，短相思兮无穷极。早知如此绊人心，何如当初莫相识。

读过李白的《秋风词》，人们不禁惊讶，原来诗仙李白作词也有着如此的韵味。

虽说入了相思的门，便可知相思的苦。但李白说，只有如他这般思念一个人之后，才能理解他的相思有多么苦。漫长的相思中，他不断想起与爱人在一起的日子，想起有爱人相伴的时光。那些美好的回忆萦绕在他的脑海，想起来是那么美妙，可一想到现实，又是那么令人惆怅。那短暂的思念，更是数不胜数，不停地敲打着他的心房。于是他说："早知如此绊人心，何如当初莫相识。"若是早知相思会在他心中生出如此难以放下的牵绊，倒不如当初就不与她相识了。

相比于诗作的数量，李白词作的数量很少，只有20余首，但这些词都具有较高的艺术价值。这首《秋风词》中描述了一位身在异乡的男子于深秋思念恋人的情景，是一首典型的悲秋之作。词中充满着相思和无奈之情，读起来让人伤感。从写作手法上来看，该词也具备了李白惯有的浪漫主义风格。

古人在描写秋愁时常用秋风、秋月、落叶、寒鸦一类的词，这些词本就象征着凄凉冷清，连在一起使用，就更将秋天悲凉的气氛烘托得淋漓尽致。"相思相见知何日？此时此夜难为情"写出了一种夜深时分，思情难解的感情。一个"何"字，既有表述的成分，也有感叹的成分。

"入我相思门，知我相思苦"意在表达相思之情谁都有，但自己的相思要比其他人更苦，常人无法理解，只有与自己有着一样相思的人才能体会得到。"长相思兮长相忆，短相思兮无穷极。"此二句看似将相思分成两种，实则说明这相思其实没有断过，两种相思交替着充斥着词人的脑海，才是最叫人难解的相思。从最后一句中的"早知"和"何如"两个词的字面意思上看，是词人有些后悔，但从根本上只是为了换个角度去说明这相思之深，断去之难。若是真后悔相见相爱，定是被对方伤了个透，恨不得通通忘却，当不会有此时相思。

说什么不如不曾相识，不过是口是心非罢了。若真后悔相识，早就已经把那人放下。不再思念，又哪来的纠结？原来，不仅女人有这样的口是心非，男人也是一样的。口中说着恨，心里想着爱，口中说着"你走"，心里想着挽留。

恋爱中的人，没有几人不曾经历过这样的口是心非吧。有一首歌这样唱道："他还不懂，还是不懂，离开是想要被挽留。"那便是女人最惯用的口是心非了。对于女人来说，越是爱那个男人，越是希望男人主动表达对自己的爱,能够对自己更加理解,害怕他会离开自己,讨厌自己……可是女人又是害羞的,不敢直接去问,于是选择了试探。

那男子又如何呢?男人的口是心非,多半是出于男人那放不下的尊严。他们不愿意让心爱的女人看到自己的痛苦和软弱,跟着自己一起苦恼,于是用一些简单的"谎言"去掩盖自己的真实想法。

有多少女人口中说着"讨厌",眼中却洋溢着幸福;有多少男人说着"不在意",却把痛苦深深地埋藏在心底;有多少妻子一边埋怨丈夫"又乱花钱",一边恨不得让所有人都看到丈夫送她的礼物;有多少丈夫一边说着"没办法,老婆不让",嘴角上却尽是笑意。数不胜数。

然而,在女人眼中,男人的口是心非是谎言;在男人的眼中,女人的口是心非是别扭。女子总是觉得男人城府太深,总是面色沉重地说着没事,或者爽快地答应其实并不赞成的事。男人总是觉得女人的想法太多,有意思不明说,非要人猜到头痛。其实,换个角度去看,这些都不过是爱而已。只是男人和女人爱的方式不同罢了。

还有一些口是心非,与其说是谎言,不如说是一种自我催眠,想用一种重复性的行为让自己相信一个不存在的事实。那些分手后的男女,说自己已经忘记了,放下了的,往往都不是真的忘记了,放下了,一旦出现一个小契机,筑建了许久的堤坊就会崩塌,泪水就会倾泻而下。那些总说宁愿当初不曾相识,不曾开始的人,每说一次,心里都会痛一次,因为他们只是在逼迫自己认同这样的想法。

可是,那令李白相思成疾,又口是心非的人究竟是谁呢?在魏颢的《李翰林集序》有着记载,李白一生曾有过四个女人,第一个是前宰相许圉师的孙女许氏,第四个是唐高宗时宰相宗楚客的孙女宗氏。还有两个,一个姓刘,另一个是鲁地一妇人,姓名不详。

李白与许氏成婚十年,其间李白时时出游,与许氏聚少离多,但

二人感情还算和睦。许氏过世后，李白与刘氏同居，而刘氏与他度过了短暂的生活后表示不愿与他长相厮守，于是离开了他。

相比之下，李白与宗氏的传闻更被人们津津乐道。相传，一次李白酒醉梁园，诗兴大发，于是随手在一面题诗墙上写下了一首《梁园吟》。过了些时日，宗小姐到梁园游玩，恰好读到了这首诗，便立刻对李白的才华倾心不已。按照习惯，题诗墙题满诗作后，为了能让后来人继续题诗，需要将已有的诗粉刷掉。为了保留这首诗，宗小姐不惜花重金买下了这面墙。宗家得知此事后，便找到李白，提出招他为宗家女婿。于是，李白与宗小姐喜结连理。

据说，李白对宗小姐是有情的，然而他天性放荡不羁，并且自十八岁那年便开始四处游历，早已习惯了这样自由自在的生活，所以虽然宗小姐温柔可人，貌美如花，他也没有因此留在家中，多多陪伴在宗小姐身旁。也正因他一直没有停下行走的脚步，他才有机会大开眼界，阅历渐增，结交到多位好友，写出许多豪放的诗词作品，最终成为一代"诗仙"。

若说让李白相思成疾的人是宗小姐，倒也比较合情理。毕竟对于李白这般高傲狂放的人来说，有这样一位富家小姐深深地爱着他，赏识他，他不可能不动心，也不可能不对其有依恋之情。再加之人的相思之情往往要在分别之后才有显现，他虽然不愿在宗小姐身边守护她，却并不是不爱她，所以每当分别后，对她产生浓浓的相思之情，也是在情理之中。

有人说李白的第一次婚姻和最后一次婚姻为的是仕途，而并非爱情。可李白一向鄙视门第之封，他从不阿谀逢迎，也不随波逐流，又怎可能为了荣华富贵而去攀附名家之女呢？更何况，与宗小姐成婚后，他也仍然坚持着自己的洒脱性格，对个性的释放有着强烈的渴望。因为不愿被朝中各种封建礼教和等级制度束缚，他最后将自己的理想和自由寄托于道教，并于天宝三年（公元744年）秋冬之际履行了道教仪式，成了一名道士。

都说没有爱情的诗人，人生是不完美的。那么就让我们相信那首《秋风词》是为宗小姐所作吧。这样一来，李白的人生中也就多了些情，多了些爱，他的人生也就更加完整了。

情丝：何处相思明月楼

初春，冰雪消融，江水的水面涨了起来，浩浩荡荡地向着大海的方向涌动，最后与大海连成一片。海面上，一轮明月缓缓升起，在潮水的映衬下，人们产生了一种错觉，好像它之前沉入了海底，是那潮水不懈的努力，才将它从海中托了起来。月光落在江水中，随江水一同起伏，便有了千万流动着的月光。似乎这世上所有地方都是如此，江水映着明月，明月照着江水。

"春江潮水连海平，海上明月共潮生。"读过古典诗词的人，应该无人不知晓这首《春江花月夜》。在诗人的笔下，那美丽的江水，美丽的月色，仿佛有了生命般，闪闪动人。当人们沉浸在自然的美景之中时，诗人却将笔锋一转，写到了远行的游子和相思的妇人。

"白云一片去悠悠，青枫浦上不胜愁。谁家今夜扁舟子？何处相思明月楼？"在那青枫浦上，有多少身着白衣的游子，就那样轻轻地挥一挥衣袖，便白云一样轻悠地离开了。然而在他们离开后，那青枫浦上，却不知有多少妻子望着他们离去的方向，心里充满了忧愁。今夜的那一只远行的扁舟上，坐的也不知是谁家的游子。怕是这一晚，在不知何处的高楼上，多了一个在月光之中苦苦相思之人。

明月不解风情，在夜空中徘徊着。将月光缓缓地洒入了一间又一间闺房。那清冷的月光，恰好就照在了思妇的梳妆台上。门帘也卷不走，挡不住那月光，它穿过门帘，溜进那华丽的楼阁，沾在了思妇的捣衣砧上。刚刚伸手将它拂去，便又一次沾上。想着那人此时应也和自己一般，抬头仰望着月亮，心里多少有点安慰。然而想到两人只能这样同望一轮明月，却不能听到彼此的声音，心里又有一点伤悲。

细品此诗，其实那开篇的江水和月，不也如那奔走的游子和相思的人一般吗？游子走得再远，身边总围绕着爱人的柔情和思念，那思念虽不像月光一样可以见到，却和月光一样如影随形，擦不掉抹不去。

思妇的心惆怅，不由得想要化作那流淌着的月光，照耀着离家之人，一直陪在他的身边。鸿雁在天空中努力地飞翔，却无论如何都飞不出那无边的月光。鱼龙不断潜入水中又跃出水面，江面上出现了阵阵的波纹。

昨夜梦里花已谢，飘落在幽静的水潭之中。春天已经过半，可怜自己还不知何时才能回家。江水奔流不息，春光随着江水的流逝而流逝，就快要流尽。月亮又一次渐渐西斜，仿佛在落入江水之中。

那月越发倾斜，渐渐被海上的雾气笼罩。与所思之人之间的距离越来越遥远。不知有几人能够沐浴着洁白的月光回到家中，与妻子团聚。满载离情的月向西方而落时，江边的树林也被它洒满了离情。

能写出如此诗词的人，应也是有过些丰富的感情经历吧。然而我们却很难在各种地方找到与他感情有关的记载。甚至连他生于何时，卒于何年，也无从知晓。若是他的作品再多一些，人们兴许还可从他的作品中探出一些究竟，得知他部分的生平经历，然而他所存的作品，除了这首《春江花月夜》，便只有一首《代答闺梦还》。到如今，人们只知道《春江花月夜》的作者叫张若虚，是初唐时期的诗人，生于扬州，为"吴中四士"之一，文辞俊秀。

能被列入"吴中四士"之中，可见张若虚的才学定然有过人之处，然而从唐朝至元朝，各种诗选、文人名录，乃至杂记中都没有提到过他的名字，也不曾收录他的诗作。这其中是何缘故，至今无人知晓。与张若虚同为"吴中四士"的人还有贺知章、张旭和包融，此三人皆有后名，却偏偏他一人，除了年代、籍贯和两部作品外，再也找不到任何记载。

宋朝年间，郭茂倩编《乐府诗集》，将张若虚的《春江花月夜》收录在第四十七卷中，但只是收集了作品，并未对诗人有任何介绍。明朝万历年间，张若虚的《春江花月夜》第一次被作为唐诗收录，其人也被正式作为唐朝诗人而提及，然而关于其人其事，仍是空白。或许是由于时间过去太久远，关于他本人的记载寥寥无几，所以后人大多只对他的作品进行评价，而不去对他本人进行详细的分析和论述。

有的人一生诗作无数，最后却仍不为人知，有的人一生只作数首，却首首被世人传唱。张若虚一生没有留下一本诗集，甚至连曾有过的诗作也长期无闻。这首《春江花月夜》便成了他的此生绝唱，流传至今。

《春江花月夜》为乐府吴声歌曲名，张若虚的这首在曲调上虽不同于旧曲，却是最为出名的一首。此诗为拟题作诗，先写春江的美景，进而写因景生感，最后写人间离愁。全诗共三十六行，第六行为一个转折，从写景过渡到写感，第九行再一转，从感叹人生无常转而写到离人和思妇的愁绪。从章法结构上看，此诗结构整齐，注重细节，四句为一组，相邻两组之间韵脚皆不同。同时，此诗之中将平仄韵脚交替而用，使诗读起来声调整齐却不呆板。

诗的开篇，诗人用清丽的词句勾勒出一个如同仙境的春江月夜的美妙画面。一个"生"字使诗句富有生命力。在此景之中，诗人不由得探索人生，感叹生命短暂，应当好好珍惜。江水日复一日，年复一年，不曾改变，人却一天天变老。诗人由此联想到，不知那无情的江水每年都要带走多少人，让世间男女饱受别离和相思。于是他转而开始写思妇的心伤，写游子的归心，这些都是他的想象，却又符合现实。

从张若虚的《春江花月夜》中，人们读出了他的浪漫气息，既感叹人生无常，又渴望青春和美好可以永恒不变。不知他本人是否也是这样一个浪漫多情之人。既然他的来去成了人们心中的一个谜，那么我们为何不对他的生平也进行一番想象呢？

或许他在一生之中，确实也曾经历过那种离别的愁，相思的苦，又或许，他自己正是诗中所写的白衣游子中的一员，为了追求理想，离开了家乡，离开了心爱的女子。每当看着空中的月，他都会想起家中那个苦苦等待他的女子，也会对她感到一些亏欠，可生活是无奈的，他不得不一次次离开，哪怕每一次的离开都饱含着不舍，他也只能如此去做。登上小舟，顺水而下，心中无限唏嘘。

或许他作此诗时并未成家，也没有遇到心爱之人。那么他就应该是个敏感的人，能够收集起空气中流动的无奈和哀愁，将它们组成动人的诗句。若真是如此，那他莫不是上天派到人间收集情丝的仙人？一旦情丝集满，他便必须带着所有的情丝返回天宫，所以在人世间，才几乎没有留下他曾经来过的痕迹。而他用那些情所作的诗词，也几乎都被他一同带回了天宫。为了给世人一份回报，才留下了这么两首。

感情的事，说穿了，就是一人来，两人走；相思的事，说穿了，就是两人来，一人留。人们走走停停，来来往往，见了又散，散了再见，相思就在这样的忙碌中生长着，一直生长着，有的结了果，有的却一直向天空中钻。无论张若虚是真的有过一段刻骨铭心的感情，还是一世孤独不染凡尘，他的诗在，那么他的人就确实曾经存在。至少他为我们留下了传世之作，供我们遐想。比起一生默默无闻，不曾在世上留下任何痕迹的人，他的人生，已经足够精彩。

花下：三五年时三五月

青年男女的初次爱恋，像未熟透的果，甜蜜中混着酸涩。爱也罢，不爱也罢，总是难免夹杂着些小情绪在里面。那种小情绪，有时让人喜，有时让人忧，有时让人不知所措。

会有如此情绪，只因太过年少，对感情还不太懂，又太过敏感，将一丝丝细小的感情看得太重。虽然大多数人认为，青春期的男女之间只会产生好感，不会产生爱情。可即便如此，那种因情窦初开而产生的悸动，那种日思夜想的牵挂，却并不会因为世人的一两句话便消失。

清朝诗人黄景仁就曾在少年时期与自己的表妹有过一段恋情，然而和大多少年时期的感情一样，这段感情最后也是无果而终的。无果而终的感情总是令人难以忘却。多年之后，黄景仁仍然对这段感情念念不忘，常常思念那爱过的人，于是他以这样的感情写下了《绮怀》中的第十五首：

几回花下坐吹箫，银汉红墙入望遥。
似此星辰非昨夜，为谁风露立中宵。
缠绵思尽抽残茧，宛转心伤剥后蕉。
三五年时三五月，可怜杯酒不曾消。

多少次，我坐在花下一边吹箫，一边看着那灿烂的银河和星光下的红墙。银河的遥远我明了，可那红墙明明就在我眼前，却也仿佛与我隔着一条银河的距离。不知不觉中，眼前的星辰已不是昨夜的星辰。美好的过往都已经过去了，如今此情此景中，只剩下我孤身一人。我竟不知是为了谁，又在风露中伫立了整整一夜。

都说忘却一段情犹如剥茧抽丝般缓慢，而如今，我却恰好相反。我将心中的缠绵化作情丝，织成厚重的茧，待到茧结成之日，我的情也就尽了，宛转的心也就像那被剥开的芭蕉一般，没了生机。十五年前的那个月圆之夜，就在这里，我与你吹着箫，向你诉说着心中的情意。然而此时此刻，当时的美酒已变得苦涩。我想用它浇灭我心中的忧愁，已是不可能。

黄景仁的《绮怀》是一首组诗，全组诗共十六首诗，皆是七言律诗。"绮"的本意为"有花纹的丝织品"，后引申为"美丽"。诗人将组诗的题目命名为《绮怀》，可见他对那曾经的感情有多么眷恋和不舍，为了感情的逝去多么伤感。

黄景仁，字汉镛，一字仲则，号鹿菲子。虽祖上有人曾为高官，然而到黄景仁父亲一辈，已是没落了。四岁那年，其父辞世，本不富裕的家境更加困难。他的母亲无奈，带着他投奔为高淳校官的祖父，依靠着祖父的救济为生。又过了七八年，黄景仁的祖父母相继去世，唯一的兄长又尚未成年，整个家便只能靠他的母亲一人操持。

黄景仁的兄长成年后，开始帮助母亲分担家里的重任。然而这样的日子也没有持续多久。在黄景仁十五岁左右时，他的兄长病逝，他成了黄家唯一的男人。虽然还未成年，可为了生计，他不得不四处奔波。十六岁那年，黄景仁参加童子试，名列榜首，县人皆称赞他了不起。黄景仁也曾想以考入仕途来分担家里的重担，然而之后的乡试，他却屡试不中，世人频频惋惜，他自己也觉得十分失落。

十七岁那年，黄景仁遇到了他的表妹，一位如花朵般美好的少女。在他看来，这位少女是那么美，即使历史上著名的美女寿安公主见了她，也一定会感到自愧不如；即使她身处千围的步障之中，她的姿色也难以被掩盖。那少女对他也是有好感的，不然，他们就不会在红墙之外偷偷相见，一边赏月，一边互诉着情意。

"几回花下坐吹箫，银汉红墙入望遥。"那是多么美好的一次相遇。迢迢的银河下，心上人略带羞怯地站在自己面前，仿若仙女从天而降。他当时或许也曾想到了牛郎织女的故事，将心上人看成了美丽的织女，将自己当成了痴情的牛郎。然而，最后他们还是分手了，或许是家人的阻拦，也或许是少女长大了，不再向往饮水可饱的爱情，而是需要安稳的生活。

十五年后，黄景仁独自一人来到了当初约会的地方，想到物是人非，心中无限伤感。抬起头，看天上的星辰和当日那样相像，身边却空空荡荡，他感到非常落寞。他清楚地知道往事不可能重现，却仍然无法忘却当初那人那时那事。他也知道自己的等待不可能有回应，却还是不知不觉地去等，去念。这样的情感在他心中久久地盘旋不去，让他饱受折磨。

同样是中秋月圆夜，此时，却只有孤冷的月光陪着他。他那孤单的身影看上去十分落寞。他的心有些绝望，如"残茧"和被剥后的芭蕉。当初的少年已过而立之年，有了自己的妻室，当初的少女也早已嫁作人妇，成了孩子的母亲。可即便如此，那段曾有过甜蜜和温馨，却没能有一个完满结局的恋情，成了黄景仁心中的一个遗憾。

青春的光阴，短暂如过眼云烟。一旦溜走，再不可回头。有人说，年轻时是恋爱的最佳时节，此时的心是火热的，感情是活泼的，爱是真实的，也是纯粹的；也有人说，年轻时的恋爱都是不会结果的花，恋之无用，不如不恋。

第五章 天涯：依依不舍伤别离

青春时究竟是否应该谈一场恋爱，这并没有绝对的答案。只是大多数人日后想起，曾与一人在最美的季节相遇，却没能在最美的季节里相恋，心中都会多少有一点遗憾。

青春总是过得很快，那时遇到的人总是那么美好，一如那时所发生的感情一样，令人久久难忘。虽然这其中，有许多人一辈子都不能在一起，但当初的那段真情实感，却是没有人愿意否定，愿意真正忘记的。

然而，却也不是真的恋了，遗憾就不会存在。校园题材的影视作品一部又一部，几乎每一部中都提及了青春时期的恋爱，提到了热恋之中的甜蜜和失恋之后的苦涩，提到了恋爱之中的形影不离和冷战，悉心呵护和互相伤害。还有一些，是多年之后回顾当初那段感情时的后悔和遗憾。

青春不需要为了恋爱而恋爱。那种为了强求一段经历而刻意去给自己制造一场"恋爱"的行为，最后的结果一定不尽人意。即使他们经历了恋人之间所有的过程，即使他们曾经有过许多轰轰烈烈的回忆，令周围的人羡慕不已，仍然不能证明他们是真心相爱过。

因为羡慕他人幸福而产生的恋爱，算不得真正的恋爱。那只不过是一种痴迷，一种攀比。并不是模仿着别人的方式追求一个女孩，或关心一个男孩，便能拥有别人所拥有的幸福。

为了打发寂寞而开始的恋爱，算不得真正的恋爱。寂寞产生于自己的内心，即使身边多了一个人陪伴，又或是一起疯，一起闹，真正的心结打不开，寂寞仍会陪伴在你的身边。

因为打赌而去开展的恋爱，算不得真正的恋爱。一段感情若是以一个玩笑开始，无论过程如何美好，哪怕相处的过程中真的产生了感情，一旦真相被揭穿，心中最深的也只会是伤害而不是爱。

真正的恋爱，存在于两个人的内心，而不是存在于别人的眼光和评价中。真正相爱的两个人，或许不会在众人面前做出惊人的举动，也不会以几个月的生活费去换取一时半刻的虚荣，但行走在汹涌的人潮中时，他们的手会一直牵着。

真正的恋爱，是真心实意，不是委曲求全。只有摒弃内心的浮躁，不盲目，不偏执，尽情地，每一分投入都不含委屈，每一次决定都对得起自己的内心，才算得上一场真正的恋爱。

对于青春时期的恋爱，我想，还是顺其自然比较好。当听见爱情的敲门声，就打开门，坦然地让它进来，不需强忍住那份渴望，刻意将它关在门外。没有爱情来敲门，就坦然自若，过好一个人的生活。

倾世：月明千里故人遥

最幸之事，莫过于一见钟情，从此任由你富贵也好，清贫也罢，都与你相依相伴。却不知多少世人能有这样的福分，可享这样的幸运。人情冷暖，世态炎凉。便是那闻名于世的才子，也要一世辗转，几经周折，方能得一知己之人。

明朝时期，苏州地区有四位才子，他们性情洒脱，才气逼人，被称为"江南四大才子"。其中，被称为"江南第一才子"的，便是唐伯虎。唐伯虎，本名唐寅，伯虎是他的字，后改字子畏，号六如居士、桃花庵主、逃禅仙吏等。

唐寅之名能在今世尽人皆知，大约都是因为那部风靡一时的喜剧电影《唐伯虎点秋香》。然而在历史中，虽确实有着这样的故事，却并非发生在唐寅的身上。关于唐寅家中妻妾成群之事，只不过是坊间的杜撰。真实的唐寅并非风流成性，在他的家中，也并非真的有着八位美娇娘。

都说才子风流，佳人自附，实则不然。古时有太多才华出众的男子，只因家境贫寒，或无缘高官厚禄，便孤独了一生。与那些人相比，唐寅算得上是比较幸运的人。虽然他情路坎坷，可毕竟在他的一生中，曾出现过那样一位女子，做得到"你若高中，我陪你富贵荣华；你若落榜，我陪你野菜布衣"。那女子姓沈，唤作九娘，是唐寅一生之中最后一个女人,也是最他让魂牵梦绕的女人。

在沈九娘之前,唐寅曾两次娶妻。19岁时,他娶了徐廷瑞的次女为第一任妻子,两人共度数年,并曾有过一子。25岁左右,唐寅经历了人生中最悲伤的几件事,父亲、妻子、儿子和妹妹先后离世。突然之间,他成了孤身一人。

29岁时,唐寅娶了宦门之女何氏,后又凭着天生的聪慧,中了乡试第一名。然而,因与一名参与行贿的考生徐经有往来,他含冤入狱。徐经在狱中被屈打成招,承认曾泄题给唐寅,使唐寅被贬为吏。虽然最后事情水落石出,但经历此事后,唐寅感到心冷,于是意绝于仕,决定四处游历,只以卖文鬻画为生。何氏无法忍受这样的生活,便离开了他。

一边四处游历,一边将所见之景作为自己作画的灵感和题材。这样的日子虽然自在,却也让唐寅心中不时生出些寂寞。此时,他突然想起在好友为自己庆祝乡试高中之日见到的那位美丽女子,沈九娘。那是唐寅与沈九娘初次相见,他没有想到沈九娘身为青楼女子,却并非庸脂俗粉,不但相貌文雅端庄,而且琴棋书画样样精通,又性情温顺善解人意。这样一位女子,着实令人想忘却也难。

唐寅回城后,便整日去沈九娘所在之处买醉。见到唐寅这副模样,沈九娘的心痛到不行。她对唐寅早有耳闻,并且倾慕已久,当日才会主动要求一同为唐寅庆祝。只是她深知自己身份卑微,所以虽心有所属,却始终不敢明言。直到唐寅对仕途绝望,日日醉生梦死,消极度日时,她才再也压抑不住心中的情感,将全部的温柔奉献给了他。

沈九娘支持唐寅做一切爱做的事,唐寅喜欢作画,她便精心收拾了自己的妆阁,为唐寅空出一片可作画之处。她喜欢静静地看唐寅作画,静静地为他洗砚、调色、铺纸。虽然不言不语,可一举一动之中,满是理解和温柔。唐寅在她那里感受到了久违的温暖和自在,对她的感情也越发深厚。

此时的唐寅仍然会不时外出游历,然而每外出一次,他心中对沈九娘的思念就更深一分。

> 相思两地望迢迢,清泪临门落布袍。
> 杨柳晓烟情绪乱,梨花暮雨梦魂销。
> 云笼楚馆虚金屋,凤入巫山奏玉箫。
> 明日河桥重回首,月明千里故人遥。

这首《扬州道上思念沈九娘》一诗便是他在一次游历扬州途中所作。

两人之间相隔得太过遥远,令人想见而不得见。深深的思念让眼泪不自觉就从眼中滑落了下来,一滴滴落在布袍上,将布袍印出了些许斑驳。早晨的炊烟袅袅升起,杨柳在烟色中轻轻地舞动腰肢,看起来很美,却让人心里更乱。想起远方的佳人,轻纱指袖,舞姿曼妙,可不正似此时的景象。傍晚的雨打湿了枝头的梨花,打落了点点洁白,梦里魂销。

被薄云笼罩的楚馆中,有着思念的人儿,可惜自己不在。那样的烟花之地,迎来送往,总是少不了客人的。自己不在时,她又会为谁吹奏玉箫呢?箫声悠扬,人影浮动,却看不清模样。明知是梦,却还是不由得感到些失落。还是等明日回去亲自见上一面吧。好过望着天上的明月,思念着远在千里之外的爱人。

36岁时,唐寅不顾家人的反对和世俗的眼光,将沈九娘娶进了门。两年后,唐寅买下了苏州桃花坞的一座破败的小宅,并给宅子起名为桃花庵。为此,他花光了全部的积蓄,又欠了些债,可对他来说,有一处让他与沈九娘共度余生的僻静之所,即使欠债也是值得的。

唐寅与沈九娘在桃花庵中生活了七年。起初,唐寅以卖画为生,

闲时便邀请好友来家中饮酒，吟诗作画，生活惬意。而后来，苏州发生了洪灾，人们生活艰难，不再买画，唐寅和沈九娘的生活也越发艰难了。唐寅43岁时，沈九娘病逝于家中，终年38岁。

日久知人心，患难见真情。真正的爱，不是花前月下的你侬我侬，而是"你若成功，我陪你君临天下；你或失败，我陪你东山再起"。这样的爱情，方配得上流芳百世，这样的爱人，方配得上永世的相思。

与其说唐寅对沈九娘长情，莫不如说沈九娘对唐寅爱得太深、太纯。不然，唐寅又怎会在对这世界心如死灰时对她一往情深？美貌能令人动心，才华能令人动情，能令人深爱的，却只有源源不断的真情。

初春时看到的第一缕阳光，像初恋，清新而调皮。这样的阳光持续得短暂，却能让人一天都有好心情。盛夏时的阳光仿佛能将人融化，像热恋，炽热而强烈。这样的阳光也不过半晌，只能给人一时的激情。深秋的阳光有些漫不经心，像逝去的恋情，美好却遥远。在它之后是漫长的黑夜，所以人们才会对它依依不舍。寒冬时的阳光有些低调，像重生的爱情，珍贵而难得。这样的阳光出现得柔和，离去得也柔和，没有轰轰烈烈，却能暖了人心。

春雨无声，却能滋润到最深的土壤。冬日的阳光无声，却能暖到最深的内心。沈九娘对唐寅的爱，便是冬日里的阳光，弥足珍贵。爱一个人，最高的境界莫过于此。心甘情愿地付出，默默地，静静地，缓缓地，在他最需要的时候，将满心的爱倾注于他，而不求所得。懂而不语，将他所需放在他面前，然后静静地欣赏，胜过滔滔不绝的劝慰。那份不离不弃的陪伴，抵得过千言万语的承诺，抵得过百媚千娇的迎合。

习惯是件可怕的事，数十日内不知不觉便养成，却要用一生去戒掉。当一个孤独的人身边突然出现了一个人，对他无微不至，倾尽真情时，他或许会感到一时的惊慌。而当那人数十日如一日，对他体贴温存，他就会不知不觉地习惯了那个人的存在，然后再也离不开。随着时间的增长，那份情融进了血液，成了生命中的一部分。一旦情断了，生命也就像被取走一部分般，断成了两截。一截是美好的追忆，一截是残酷的现实。

爱之深，思之切。渴望重温旧梦，渴望，却不可得。

池水：前哀将后感，无泪可沾巾

鱼儿渴望在深海中畅游，鸟儿渴望在碧空中飞翔，那是最真的天性，任谁都无法阻挡。层层的宫墙内，有着一人也如鱼儿鸟儿般，渴望着自由的生活，渴望着天真的释放，可他却不能。自出生起，他就注定了要在这宫墙之中度过他的一生，每当他抬起头，去看那遥不可及的天空，都感觉那天空仿佛也被镶嵌上了一圈金玉雕成的边框。

李煜，南唐最后一位国主，人称李后主。有人说他是昏君，因为他让一个朝代在他的手中结束。有人却说他是可怜的孩子，因为在他的心里，世界本该是美好的，单纯的，他渴望的一切，不过是这世上最真实的感情，和最平凡的生活，然而他忘了，生在帝王家，注定要与平凡无缘。他所渴望得到的那些，偏偏就是他这样的身份最无法触及的东西。

自古帝王，心之所向，皆是手握皇权，坐拥江山。想登上皇位之人无数，而他生于皇室，却对皇位毫无兴趣，一心礼佛，醉心诗词，以至于最后皇位真的落在他身上时，他仍然不以为重。

皇宫里的事，他是懂的，只是他不愿去碰，去想。自小只喜欢那些清丽的文字和优美的韵律，而不喜欢那些权力之争，却因一目双瞳，被人称有帝王之相而遭到长兄猜忌。为了消除长兄的忌惮，李煜给自己起名"莲峰居士"，整日研究佛学典籍，以示自己对皇位无心。然而命运捉弄，太子病逝后，他在皇室之中再无兄长，于是其父命其参与朝政，并在驾崩前将皇位传给了他。

皇帝的宝座对他来说不是荣耀，而是禁锢。皇宫里的每一天都让他感到日子过得太缓慢，太艰难，越来越多的政事将他束缚得越来越痛苦。幸好，他的身边还有着一位女子，那位让他钟爱一生，疼惜一生的女子，周后。

与周后相遇在十八岁那年，当时，他还只是无忧无虑的六皇子。初见周后的一瞬间，他心中的感觉如同一颗小石子落入了春日里刚刚融化的池水，泛起了层层涟漪。

周后貌美如花，多才多艺，通晓诗书，又明事理。优越的家境令她习惯了雅致和有情调的生活，她爱香风薰雾，爱听曲赏花，一举一动之中都透着十足的优雅。她敏感，却并不矫情，即使后来身居后位，也从不忘相夫教子。这样美丽贤惠的女子，李煜如何能不去爱她？

继位之后，李煜无心朝政，无心国事，却唯独对周后格外用心。于他而言，后宫佳丽三千，也不及周后一人。除了她，再无人与他心生共鸣之音，再无人与他情趣相投。她便是他的阳光，为他皇宫之内的生活添了暖意。

为了周后，他不惜花费大笔钱财，只为她过得舒心。为了周后，他不惜大费周章，将寝宫外变成一片梅海，又在梅海中建了一座小亭，只为可以陪她花间共饮。看到她温柔的笑容，听到她柔软的娇嗔，他感觉一切都是值得的。哪怕世人都说他是昏君，哪怕群臣都在暗地里埋怨他的荒诞，他也不在乎。

不惜一切，只为搭建一个小巢，可以避开无聊的政事，与心爱的人幸福地相守在一起，静看风花雪月。李煜天真地以为这样就可以了，无论外面的风雪有多猛烈，只要有这个小巢在，他就不会感到寒冷，可以作为一个普通的丈夫，陪在妻儿身边，过普通的生活。直到他的次子去世，他才发现那些可以永恒的美好不过是自己的想象。

儿子的去世让李煜深受打击，那是他和周后最疼爱的儿子，有着和周后一样清秀的容貌，又有着和他一样聪慧的心灵。爱情的结晶毫无预兆地破碎，李煜心痛不已，周后更是痛得无法呼吸。周后常常自责，若不是因为自己身体不适，将儿子交给他人照顾，儿子也不会在意外中身故。这样的自责日夜折磨着她本就已经虚弱的身体，令她日渐消瘦。李煜看在眼里，更是痛在心里。

看着周后一天比一天虚弱，李煜十分焦急，他已经失去了儿子，不能再失去自己最爱的女人了。为了照顾周后，他更加不理朝政。此时他的眼中只有周后一人，便是让他失了天下，也不及失了周后痛心。无奈的是，周后最终还是病逝了。于是她美丽的面容，她翩然的舞姿，都成了李煜梦中出现最频繁的画面。

李煜想着曾经的美好，为周后写下了《挽辞》：

珠碎眼前珍，花凋世外春。

未销心里恨，又失掌中身。

玉笥犹残药，香奁已染尘。

前哀将后感，无泪可沾巾。

对于李煜而言，幼子的去世像珍珠在眼前破碎，周后的去世则像枝头的花在眼前凋零。花瓣从枝头纷纷飘落，春天仿佛也在花瓣飘落之时远远地离去了。满目残红，满地残红，心中满是哀愁。幼子的离去让他心中生了点恨，恨上天的不公，让一个仅仅三岁的孩子离开了他的父母，独自一人去了一个未知的地方。这样的恨还未消除，新的伤痛又来侵袭。掌中握着的玉手渐渐冰冷，最后从掌中滑落，垂在了床边。

那碗中还剩下些周后没有喝完的汤药。黑褐色的液体在阳光下反着光，映出李煜悲伤的面庞。良药苦口，却苦不过他的心情，也苦不过他的表情。浓郁的药香在房间里弥漫着，久久不肯散去，恍惚中以为周后还在床上等着他将药端给她，回过神时，才发现床上已空空荡荡。盛装着周后最爱的香料的盒子已经被灰尘覆盖了。心里又有一丝痛楚，想要哭，却已哭不出来了。曾经浓情蜜意，如今只剩一人追忆。

深爱之人的离去，总会叫人心中涌起万千悲伤。爱如潮水，悲伤也一样。世间最大的无奈，就是再牢固的感情也抵不过生老病死的拆散。谁也舍不得眼睁睁看着爱人在面前闭上双眼，舍不得熟悉的气息渐渐消失不见。纵然不舍，却也无济于事。我们抓不住那渐渐远去的魂魄，就像抓不住萧萧的寒风。

看着那人静静地躺在床上，好像睡着了一般，只是缺少些胸口的起伏。房间里无比安静，一定是时间静止在了这一刻，所以才会连呼吸声和心跳声都听不到。这样的安静，若是能永恒，该有多好。轻轻抚摸着看过千万次的面庞，感受着熟悉的柔软和陌生的冰凉。轻一些，再轻一些，生怕惊醒了他。是的，她只是睡着了，她还会再次睁开双眼，淡然地对我微笑。这样对自己说着，说着，说得自己都信了。

仿佛间，听到了熟悉的声音，熟悉的话语。曾经的海誓山盟，还没有实现，怎么可能就这样一走了之呢？曾经一起说好的一辈子，如今才走了一半，怎么可能就断了呢？

当灾难突然降临，当约好的爱情突然遭遇变故，没有一个人能够坦然接受。若是不爱了，缘尽了，倒也罢了，可明明还爱着，缘就这样尽了，有谁会甘心呢？被迫失去，无力反抗；被迫接受，却不肯接受。在现实与幻境之间挣扎，努力地告诉自己，那人已经化作了天边的星星，却还是在每天早上醒来后，想要将第一个电话打给他。努力地告诉自己，一切都已经过去，却还是忍不住想着那些未完成的梦，两人约定要一起完成的梦。

　　有的人将自己沉浸在幻想之中，不愿意接受再也无法相见的事实。有的人则将自己塞入时间的滚筒，将情感全部甩干，只为不再继续爱，不再继续思念。其实，爱并不会随着一个生命的消失而消失，勉强自己忘却只是徒劳。我们不去假设若有一天我们的爱人比我们先一步离开这个世界，我们应该如何去做。我们需要的，是珍惜所拥有的每一天，珍惜在一起的每一天。不去害怕那些可能会发生的，又可能不会发生的事，不吝惜自己的爱，尽力地去爱，将可能留下的遗憾一件一件从列表中勾除。这样，就够了。

第六章

佳话：世间难得两相悦

世上最幸福的事，便是当你深爱着一个人时，那个人也刚好深爱着你。两情相悦实属难得，而正因难得，才显得它弥足珍贵。一些人寻求多年，徘徊过一扇又一扇窗，最终才遇到与自己两情相悦的那个人。一些人寻求多年，只盼着那一刻来临，心中的激动和欣慰，却迟迟未果。

懂得：日日思君不见君，共饮长江水

悠悠江水东流逝，如时光一去不复返。时光带走了红颜，江水冲走了情缘。

那一年，北宋词人李之仪娶了翰林院大学士之女胡淑修。李之仪，字端叔，自号"姑溪居士"，出身名门，家教优良，是位琴棋书画皆擅长的全才。胡淑修出身于书香门第，自然也是知书达礼，温柔贤惠。两人的婚姻可算得上门当户对，天作之合。

胡淑修是位奇女子，虽为女儿身，却有男子的胆识和见地。她聪慧过人，既通晓诗书经籍，又懂佛学，还精于算术。在那样一个时代里，如她一般的女子可谓少之又少。对于李之仪，她是爱的，也是敬的。为了丈夫，她愿意倾其所能，付出一切。

早期，李之仪曾在范仲淹之子范纯仁门下学习，之后考中进士，进入仕途。范纯仁被任命为右仆射兼中书侍郎后，他也得以升迁为枢密院编修官。对于范纯仁，李之仪心怀崇敬与感激，所以当范纯仁病逝后，他将恩师口授的政治遗言整理成遗表，呈给皇帝，并为范纯仁作了传。

学生为恩师作传本是件合情理的事，然而当时朝中的权臣蔡京却想借题发挥，置李之仪于死地，于是向皇帝进谏，称范纯仁的遗表中有许多反对新法之语，必是李之仪借已故之人之名，杜撰了这样一篇辱骂新党的文章,此乃欺君大罪。皇帝信了蔡京之言,命人将李之仪抓进大牢,等候问斩。

得知丈夫入狱,胡淑修没有像寻常女子那般惊慌失措,而是立刻赶到京城。她先是到处拜访,试图用胡家在京城的人脉将丈夫救出。发现此法行不通后,她又四处打探,终于得知有位官员收藏着范纯仁的手稿,上面清楚地记录着丈夫在遗表中所提及的内容,只要得到这份手稿,就可以证明遗表并非丈夫杜撰。

胡淑修恳请该官员将手稿拿出救急,该官员却因惧怕遭到蔡京的报复,不肯帮忙。情急之下,胡淑修买通了官员家的仆人,得知了手稿放置的位置,将手稿盗出,呈给皇帝。胡淑修英勇救夫一事震动了朝野,太后得知此事,特意召见了她,对她表示安抚和赞赏。如此一来,蔡京再也无法置李之仪于死地,只得改将李之仪贬为"编管",发往太平州。

得知自己能够死里逃生的原因,李之仪对妻子既感激,又敬佩。胡淑修却并不在意,她在意的只是丈夫的安危。只要丈夫能够平安地回来,即使随他发配远方,又有什么关系呢。

世事难料,李之仪一家人刚到太平州不到一年,他的儿子和儿媳就先后过世。李之仪悲痛万分,好在妻子对他不离不弃,让他还可得到一点慰藉。可没出两三年,胡淑修因为太平州条件艰苦,加之过度的劳累,也去世了。

妻子的离世让李之仪深受打击,心力憔悴,身体每况愈下。四年后,李之仪终于得到赦免,朝廷恢复了他的官职,任命他为朝议大夫,可是他却不肯回朝,坚持留在太平州南姑溪之地,并为自己起了"姑溪居士"的称号。

留在姑溪之地,一是由于他已对朝中事务失去了信心和热情,二是由于他在此地遇到了一位红颜知己。该女子在他最为脆弱时来到他的身边，理解他，同情他，支持他，让孤身一人的李之仪感到了温暖和安慰。

李之仪遇到的这位女子是当地的一名歌伎。此女姓杨名姝，虽沦落风尘，却并不低俗。十三岁那年，她听说了黄庭坚被贬到太平州做太守的经过，深感不平，可她只是一名弱女子，无力帮其平冤，便弹了一首古曲《履霜操》，以表自己心中的不平之情。

《履霜操》讲述了伯奇被后母的逸言所害。那种无奈可惜的情绪，恰好与黄庭坚当时的心情相符。由此可见，杨姝是位既有正义感，又善解人意的女子。遇到李之仪后，李之仪的经历让杨姝感到似曾相识，于是她又弹起了这首《履霜操》。此曲触动了李之仪心中的痛处，并令他心中非常感动，认定杨姝知他懂他，对杨姝也有了好感。

听过杨姝的演奏，李之仪写下一些诗词，以表心中情意。在此之后，他与杨姝交往频繁，并渐渐爱上了这位美丽、正义、善解人意的女子。在一个秋日里，他与杨姝一同来到长江边，看到那奔流不息的江水，他心中突生感触，于是写下了那首著名的《卜算子》：

我住长江头，君住长江尾。日日思君不见君，共饮长江水。
此水几时休，此恨何时已。只愿君心似我心，定不负相思意。

这首《卜算子》分上下两阕。上阕中描写的是两人相隔甚远，不得相见，致使女子心中流淌着浓浓的相思之情；下阕中描写的是女子对爱情的执着，同时也希望对方能够同样想念自己，对自己感情如一。

失去了妻子之后的痛，在杨姝这里得到了治愈。李之仪不想与她分离，再变成孤身一人，于是他在词中倾诉了自己的心意，借用了长江奔腾不息的景象，将自己对杨姝的感情比喻成长江之水，波涛汹涌，永不休止。同时他也想借此说明，即使有一天分隔两地，他的感情仍然不会变。

李之仪告诉杨姝，悠长的长江看不到尽头，长江的源头这边住着我，长江的尽头那里住着你。每一天，我都在深深地思念你，然而我却无法见到你，只能与你共饮这长江里的水。

心中的恨如江水般绵绵不绝，不知这长江到了何时才会停止流动，就像不知我心中的恨到了何时才能停息。只希望你的心意也和我的心意相同，那我便断然不会辜负你的情意。

杨姝听过之后，深受感动，也不再犹豫，便同意嫁给李之仪，与他共度余生。后来，杨姝为李之仪生了一个儿子，李之仪终于又拥有了一个完整的家，不需要再孤单漂泊。

最好的相伴，不是我撒娇任性，你无条件地包容；也不是我低声下气，你委曲求全；而是你懂我，我也懂你。有时，我们爱上一个人，真的没有太多的原因，只因为当我们受尽了委屈，无处倾诉时，那个人用温柔的眼神看着我们，好像在对我们说："我懂。"

那种感觉，好像在一个黑不见底的洞里坠落了很久，终于在一个柔软处着了陆；好像在广阔无垠的大海中快要下沉时，终于抓住了一只有力的手；好像在天空中被风吹得东飘西晃了许久，终于被一股力量带回了地面，重获了脚踏实地的安心。

这世界太大，大得装了太多各种各样的人，这世界太小，小得容不下任何的异类。一些人为了生存，选择了伪装，最后连自己都看不清自己，甚至忘记了自己真实的模样。此时，只有一个能够看到我们内心深处的人出现，我们才可能被唤醒，得到重生。

我们都渴望被理解，特别是被所爱的人理解。我们希望有一个人，仅仅四目相对，便可从对方的目光中得到慰藉。我们也希望有一个人，哪怕他不言不语，只要在那个人身边，心就是踏实的，放松的。因为他懂，所以我们才不需要伪装。

我们都需要懂自己的人，可能遇到这样的人太难，能与这样的人相守更难。更多的时候，我们受了伤，有了愁绪，那人却不在身边，我们只能不停地思念他，想着若是他在有多好。渴望越重，相思越浓。

越是难得，越是舍不得与这样的人分离，因为，再遇到类似的人不易。如果相互有情，有心，与其相隔两地，不如在一起。

相悦：沉恨细思，不如桃杏

不知何时开始，人们都说文人天性多情，易动情，易伤情，相恋易，相思也易。细想来，此言似乎不是完全没有道理。若是文人无情，便不会有数百篇情感细腻的佳作；若是文人无情，便不会有那么多被人们争相传诵、津津乐道的故事。

在古代的文人中，张先的感情生活算不得最丰富，然而他那种只求真爱，不理会世俗眼光的心态，确实是许多文人不能及的。

张先生于乌程一户书香之家。父亲爱好读书，平日里经常吟诵一些诗词，张先自小耳濡目染，也养成了读书作诗的习惯。只不过，他虽爱好诗书，却不好功名，只喜欢登山临水，以创作诗词自娱自乐。

张先的词大多以反映士大夫的生活为主要内容，如士大夫吟诗饮酒的生活，以及男女之情。当然，这其中也包括不少他写自己感情经历的诗词。比如那首令欧阳修读过之后格外欣赏的《一丛花令》，写的便是他自己的一段感情。

伤高怀远几时穷？无物似情浓。离愁正引千丝乱，更东陌、飞絮蒙蒙。嘶骑渐遥，征尘不断，何处认郎踪！

双鸳池沼水溶溶，南北小桡通。梯横画阁黄昏后，又还是、斜月帘栊。沉恨细思，不如桃杏，犹解嫁东风。

在这首《一丛花令》中，张先以女子的视角去写了一份极度思念恋人的闺怨之情，然而在后人看来，该词是他从自己的一位心上人的角度而作的。

据说，年少时的张先曾经爱过一位小尼姑。这位小尼姑是位妙龄女子，或许她本就无清修之心，只是被迫出家，所以一见到张先这样的才子，就芳心暗许，渐渐生出了爱恋之情。这本是两情相悦的事，若是小尼姑还了俗，嫁了张先，也不失为一段佳话，可不知为何，事不遂人愿。

两人时常偷偷约会，相互吐露心中的情意。庵中的老尼得知此事，便将小尼姑关在了一片池塘中央的高阁之上，想要出入高阁，必须划船而过。然而这样也没能阻止他们继续私会。一入夜，张先就悄悄划着小船穿过池塘，再从小尼姑放下的长梯爬进阁楼。

虽然二人都想坚持，可最后，这段感情还是被迫中断了。从此，两人再无联系，或许情窦初开的小尼姑还会时常惦念着自己的心上人，却因为无可奈何，不得不继续待在庵中，荒废掉花样的年华。也许她还会不时登上高楼，向远方眺望，想要看到熟悉的身影。可眼中所见，只有相同的景色，鸳鸯戏水，清风冷月，却不见了当时的人，才会感叹不如化作一缕东风，至少那样还可以自由地去寻找爱人。

一想起心上人在高阁上眺望着远方，思念着自己的心情，张先心中就涌起无尽的怜惜。于是，便有了这首《一丛花令》。欧阳修读过《一丛花令》后，既欣赏，又叹息，叹自己不识其作者。张先得知此事，便在一次路过欧阳修所在之处时特意上门拜访。仆人进屋向欧阳修通报，欧阳修闻之大喜，告诉仆人，这位乃是"桃杏嫁东风"郎中，一边说着，一边起身出去迎接。因为出门太急，鞋子都穿反了。

牛郎织女的故事虽然令人心疼，至少他们两情相悦，每年都可有一次相见的机会。怕最怕，两地的相思，却此生再不可相见。愁的是，这不见的原因并不是不想，而是不能。

有些事情真的没办法说谁对谁错。棒打鸳鸯的事如今已少有发生，可还是有那么多相爱的人，最后因为各种各样的原因，不得不放手那来之不易、珍若生命的感情。随着一声再见，两行热泪，三生缘尽，四世牵挂。每日犹如五脏俱焚，六神无主，心思七上八下，九曲回肠，十分痛苦。

我们不知张先当年的情深是否随着时间的流逝而减退，只知他一生安享富贵，诗酒风流，颇多佳话。多年后，张先的一首《千秋岁》又成了一篇描写相思的佳作，只是不知在这篇《千秋岁》中，他所思念的又是何人。

他说，听到杜鹃的啼叫声不断在耳边响起，仿佛是在向他报告着，这春天又要过去了。人间四月芳菲尽，一想到春日的光景就要消逝在时间的长河中，不由感到可惜，便想将那残花折下，收进屋里。

他看到，细雨轻轻地落，润物无声，可那风却十分猛烈。暮春之时，枝头的梅子已经青了。永丰坊的柳树已经抽了絮，在空荡无人的园中，那柳絮随风纷飞，好像飘起了大雪。

他告诉自己，千万不要去触碰那细细的琵琶弦，因为心里已经满是哀怨，若是那弦声响起，心中的哀怨便再也止不住了。那苍天一天不老，他的情便一日难绝。多情的心就像那用双丝织就的网一般，上面有着成千上万的结。一夜过去后，东方还没有发亮时，他望向窗外的天空，只看到一弯残月，仿佛凝结在夜空中央。

在那首《千秋岁》中，张先表达了一种忧怨中透着坚定的矛盾情感。词分上下两阕，上阕写景，以春景将逝来衬托自己心中因失去了爱情而产生的悲伤。下阕写意，通过一些细节来表明主人公受情伤之重，心中苦之深，却仍然不愿意放下这段感情。

数声鶗鴂，又报芳菲歇。惜春更把残红折。雨轻风色暴，梅子青时节。永丰柳，无人尽日花飞雪。

莫把幺弦拨，怨极弦能说。天不老，情难绝。心似双丝网，中有千千结。夜过也，东窗未白凝残月。

词中所提的人，会是那位小尼姑吗？花在春风春雨中凋零，象征着爱情已被摧残。一个"惜"字，一个"折"字，又说明主人公对被破坏的感情还十分珍惜和坚持。初青的梅子接受着春风春雨的洗礼，象征着主人公那还未尽情便遭受打击的青春时光。若从这几句来看，仿佛是的。

可，又不像。"无人"二字，表面上写永丰的柳生长在没有人的园子里，同时也暗示主人公如今的处境——被人抛弃后，冷冷清清。被风吹散的柳絮象征着逝去的爱情。既然是被人抛弃，那便不是那位小尼姑了。或许是他在青年时代又遇到了某位令他心动至极的女子，倾注了感情，却被对方所离弃。

词中提到了，鶗鴂，也就是杜鹃，其声悲切，古人常用其渲染悲伤的情绪。词人在此处描写了杜鹃的啼声，同时用了一个"又"字，既营造了悲伤的气氛，又说明时光走得匆匆，春去春又回，这样重复地来来去去，以至于这样的情景已不知是第几次出现了。

"天不老，情难绝"一句表达了主人公情意的绵长，虽然痛苦，还是痴心不改。之后再写"双丝网"上的"千千结"也是同样的意图，同时也暗指两人的感情仍在，只是不得已被外力强行分开，与前文的"风色暴"相呼应。最后一句写时间和天色，再述主人公内心的冷清和心中的哀愁。

感情可不就是这样。幸福的故事都一样，不幸的故事中却各有各的不幸。每个人都可能遗弃一段感情，同样也可能被一段感情所遗弃。

没人能说得准，这一世自己拒绝的人，下一世是否会成为拒绝自己的人。没人能确定，这一世被自己抛弃的人，下一世是否会成为抛弃自己的那个人。

既然感情的事无法预料，索性不去预料。拥有就拥有，失去就失去，得不到就得不到。实在放不下，那么也没必要太过悲伤和懊恼，静静怀念就好。

情歌：欲把相思说似谁

有人说，饱暖思淫欲，富贵生骄奢。人在衣食无忧的时候，方能有心思追求情和爱，为情痴，为情醉，为情迷。

每一个朝代都有一些富家公子，他们自小锦衣玉食，珠围翠绕，过着令其他人羡慕的生活。长大后，他们喜欢流连那些歌舞之地，喜欢与那些女子往来，若是他们的身份再高贵一些，才华再出众一些，那倾慕他们的女子便会数不胜数。

北宋著名文学家晏殊有七个儿子，最小的儿子出生时，晏殊已近知天命之年，又已官至宰相，家境优越，所以，他对幼子格外疼爱，给了他最好的生活。这个幼子就是晏幾道。

晏幾道自幼聪慧，深受父母的宠爱。优越的家境让他在童年和少年时期过了很久安逸悠闲的生活。入仕之后，他的生活更加悠闲潇洒，出入一些莺歌燕舞之所也是平常事了。

和许多富家公子一样，少年时的晏幾道过着吟诗品酒，奢华享乐的日子，并在好友家中结识了四位歌女。四位歌女皆是秀色可餐，并且各怀才艺，晏幾道对她们十分喜爱，并时常写些词给她们唱。每当听到自己的作品从她们口中唱出，看着她们笑意盈盈的模样时，晏幾道的心中都会产生一种满足感，那是做官永远给不了他的满足感。

在这四位歌女中，晏幾道尤其钟情于一位名叫小莲的歌女。第一次见到小莲时，她躲在杏树之后，悄悄地偷窥着晏幾道，一边埋怨着过于茂盛的树枝挡住了她的视线，一边出于羞涩不肯露面。

小莲身姿婀娜，舞技出众，又有着小女孩般的直率和可爱。有时，她见到晏幾道饮酒，便会抢着与他同饮，然而她不胜酒力，只饮一点便醉了。那微醺的模样着实令晏幾道见之生怜。小莲借着醉意弹奏古筝的模样也别有韵味，半醉半醒间，她一改平日里的娇羞，反倒弹奏出了些许狂野来，让晏幾道感到惊艳。

晏幾道就这样陷入了小莲的美貌与才情之中无法自拔。日里思的是她，夜里想的也是她。他从来不避讳对小莲的思念，见不到她，他便用词作来表达自己的感情。"梅蕊新妆桂叶眉。小莲风韵出瑶池。云随绿水歌声转，雪绕红绡舞袖垂"写的是小莲的美貌和翩然的舞姿。他爱看小莲跳舞，总想着若是天宫中真有舞蹈的仙女，那她们必然是小莲的这副模样。

好景不长，晏幾道十七岁那年，晏殊去世，家境一落千丈。此时的晏幾道年纪尚轻，又从不曾经历世间辛苦，不懂如何度日，于是他的二嫂将他接到家中，代为抚养，直至他长大成人。由于晏殊生前地位显赫，晏幾道得其恩荫，被授予太常寺太祝一职。虽能维持他的基本生活，却已不足以让他继续过之前风流公子的潇洒日子。

三十六岁那年，晏幾道的一位朋友因反对王安石变法而被卷入了政治纠纷。政敌们在其家中搜到一首晏幾道作的诗，认为此诗也有反对改革的嫌疑，于是将晏幾道一并抓了起来。待到晏幾道被释放之时，晏家的财产已所剩无几，晏幾道的生活越发落魄了。

不久之后，晏幾道的几位好友或因病而逝，或卧病不起，无法再养得起歌女，不得不将小莲和其他歌女遣散。晏幾道虽然不舍，可想想自己的情况，也知无能为力。于是，他只能眼睁睁看着自己心爱的小莲离去，别无他法。

自从小莲走后，晏幾道就陷入了沉重的情绪之中。他忘不了她，却又见不到她，只能将自己灌醉，在梦里与她相见。

古时，男子若是过于沉迷于情感之事，整日对一女子思念，那是要令人笑的。所以很多文人即使思念着娇娘，也不敢明白地在作品中写出，只会借用一些景色或物件，暗指自己对女子的思念。晏幾道却不同，他曾作了一首题为《鹧鸪天·手捻香笺忆小莲》的词，直接在词的首句写出了自己思念小莲的心情。

手捻香笺忆小莲。欲将遗恨倩谁传。归来独卧逍遥夜，梦里相逢酩酊天。

花易落，月难圆。只应花月似欢缘。秦筝算有心情在，试写离声入旧弦。

这样的直白，这样的大胆，可见他对小莲的爱恋确实强烈。可思念却是无用，小莲已不知去向。

有人说，晏幾道是位情痴，他将一生都耗在写关于爱情的小令上，才令他在官场中没有建树。其实不然，若是他真的热衷功名，即使再多娇俏的女子在他身边围绕，也不会影响他对仕途的向往，只能说，在他的眼中，感情才是最重要的事，功名利禄，只是浮云。

痴情之人易受伤，才会有了后来的广为流传的那首《长相思》。听着晏幾道不停地重复着那两句"长相思，长相思"，自问自答地说着"若问相思甚了期，除非相见时""欲把相思说似谁，浅情人不知"，真不知他又被何人摄了魂魄，才会如此相思成灾。

晏幾道说，他也想把这相思说给什么人听，可那些不及他这样深深爱过的人，肯定没办法理解这样的相思。只有等到与那心中的人儿相见时，这份相思才能终结。

在晏幾道看来，相思算不上最可悲、最令人悲哀的，没人能理解自己这样的感情，不但外人不能理解，就连心中想着的那个人也不能理解自己的深情。对一个已经渺无音讯的人痴情，不但从不疑心那人已背叛了自己，另结了新欢，而且心心念念地想要与对方再见。能有这样的感情之人多是性格单纯的人，除了晏幾道，世间确实少有。他将自己这一往情深用极简的文字和结构表达出来，偏又营造出了别有韵味的荡气回肠。

自古多情总被无情恼，可世上又偏有那么多多情的人。他们多情，所以才会看到这世上万物皆有所感；他们多情，所以才会创作出那么多优美的文艺作品，甚至将他们的人生都变成了一部又一部感人的电影。

在一些人眼中，多愁善感无用，爱情诗词只是无病呻吟。可在多情之人的眼中，世上再没有比感情更重要的东西。他们愿意用力地去欣赏这世上的美景，用力地去爱所爱的人。对于他们来说，这才是人生的意义。

多情的人易陷入相思，苦苦地爱恋着，却仍然认为那是甜的。因为这样，他们至少能拥有美好的回忆，那回忆想起来时，总是让人心中荡漾着柔美的波纹。望着天空中丝丝缕缕的云，他们会想起爱人的轻盈的衣襟；感受着空气中缓缓流动的花香，他们会想起爱人的呵气如兰；聆听着山间清脆的鸟鸣，他们会想起爱人动听的歌唱。

得不到回应，那么就当那人也在想着自己吧，云的形状微微变化，就是爱人在为自己舞蹈；花儿在风中轻轻地摇曳，就是爱人在向自己挥手；鸟鸣的高低变化，就是爱人在向自己诉说着思念。即便这些都没有，那么至少还有美好的往事，可以在心中一遍又一遍地回放。

就这样爱着相思之人，痴情之人，就这样相思着自己的相思，爱恋着自己的爱恋，执着着自己的执着，痛并快乐着。

恒久：千山暮雪，只影向谁去

"问世间，情为何物，直教生死相许？"世上的人，有几人不曾听过这句话呢？应是都听过的吧。那些陷入感情旋涡之中的人，那些渴望得到真爱的人，那些感叹过去的人，似乎都说过这样的话。

人们喜欢将这句话用在各种场合，并深以为意，却少有人知这句话的来历。这句话其实出自金朝文人元好问的《摸鱼儿·雁丘词》，全词是这样的：

问世间，情为何物，直教生死相许？天南地北双飞客，老翅几回寒暑。欢乐趣，离别苦，就中更有痴儿女。君应有语，渺万里层云，千山暮雪，只影向谁去？

横汾路，寂寞当年箫鼓。荒烟依旧平楚。招魂楚些何嗟及，山鬼暗啼风雨。天也妒，未信与，莺儿燕子俱黄土。千秋万古，为留待骚人，狂歌痛饮，来访雁丘处。

在金末元初的文坛中，元好问因在诗、文、词、曲方面皆有较高的成就，被人称为"文坛盟主"，又因他是当时北方文学的代表人物，所以也有人尊称他为"北方文雄"和"一代文宗"。

元好问生于金章宗明昌元年（公元1190年），是家中的第三子，而他的两位叔叔膝下皆无子，于是按照当时的习俗，元好问出生后七个月，便被过继给了他的一位叔叔。在叔叔的培养下，聪慧的元好问七岁时便会作诗，当地人见了他，无不称赞他是"神童"。

元好问学识出众，然而命运却并不眷顾他，令他仕途坎坷，多次参加科考都不中。直到三十二岁那年，他才终于考中了进士。《摸鱼儿·雁丘词》的灵感来自元好问在一次赶考途中的所见所闻。那一日，元好问去并州赶考，途中见到一位猎人。猎人说，他今天捕到一只大雁，将它杀了。另一只没被捕获的大雁在空中盘旋哀鸣不已，一直不肯离去，片刻后竟然一头撞向地面，也死去了。

两只大雁同生共死的表现让元好问深受感动，于是他买下了这两只大雁，将它们合葬于汾水旁，将此坟起名"雁丘"。之后，便有了这首词，有了"问世间，情为何物，直教生死相许"这句流传千古、感动了无数人的诗句。

敢问这世上的情究竟是什么呢？竟然能够让那大雁宁愿失去自己的性命，也要和爱人在一起。它们南来北往地飞行应是已有数年了，每一次都是比翼双飞，不曾形单影只过。

双飞如此快乐，离别却如此痛苦，世间多少痴情儿女都体会过这种感情。可他们的痴情，与这双雁相比，却又不够痴情。遥远的路途中，若是形单影只，又怎能有勇气挨得过风霜雨雪，穿得过万里层云，飞得过千山万水？

遥想当年，这汾河边也曾箫鼓喧天，热闹非凡，哪像如今这般寂寞冷清，只看得见枯木冷烟，满地荒凉。死者已矣，即使招魂，也再见不到当日的英姿。山神的暗自悲叹成了呼啸的山风，可悲叹却也是无济于事。

或许是上天妒忌它们的情意。我不相信那殉情而死的双雁也会和黄莺和燕子一般，在死后化作尘土。它们的情，必然感天动地，留芳千古。待到改日我再到此处，必将狂歌痛饮，用心凭吊。

这首词借咏物来抒情，其中运用了大量的艺术修辞手法，从一件小事引出真情实感，并借周围的环境烘托悲凉的心情，最后点明词的主旨，表达了对忠贞爱情的歌颂。在世间，忠贞的爱情总会被人歌颂。无论人类，或者家禽。可是，哪一种行为能够彰显爱情的忠贞？是生死与共，或是独守相思？

在丽江的云杉坪流传着一个凄美的传说，相传在一段时间里，纳西族的青年男女被规定不可自由恋爱，而是只能与父母安排好的人成婚。然而这一规定阻挡不了热恋中的男女，为了能够永远相伴，他们选择了在云杉坪殉情，即使生不能同眠，死也要共穴。于是，云杉坪也被称为"殉情谷"。

这样的故事听起来很动人，也使云杉坪成了不少恋人渴望一起去看一看的地方。可是当他们到达那里，看到那里的美景后，却没有一对想要效仿，只是尽情地欣赏着那里的美丽。

有人说，同生易，共死难。其实并非如此。死亡很容易，我们生活在这世上，任何一次意外都可能让我们失去生命。若是真的想要在心爱之人离开人世时随之而去，并不是件多么困难的事，困难的是，要如何舍弃那些尚在人世，并且同样深爱着我们的人。

感情越忠贞，相思情越深。失去挚爱后，那份相思的痛苦有时确实会令人失去生的希望，然而选择死亡又能带来什么呢？即使能随爱人而去，那么家人呢？朋友呢？子女呢？结束自己的痛苦的同时，将痛苦带给更多的人，若是死者泉下有知，也是无法安息的。

双飞的大雁宁可共死，也不愿独自相思，人却不可。相比之下，那种独守相思的感情，也是一种忠贞。不必强忍心中的思念，也不必整日沉沦在痛苦之中断了活下去的念头。即便痛不欲生，仍然坚强地支撑，努力地生活，替那已逝的人去完成两人未完成的梦，创造曾经两人渴望拥有的生活。

曾见过世上有许多人，中年丧偶，余生不肯再嫁娶，宁愿孤老一生，只为守着两人曾经的爱恋。有人认为他们走不出曾经的阴影，于是劝他们想开些，去过新的生活，然而他们笑了，笑容中没有绝望，只有一丝伤感。他们说，这一生，真正爱过了，就够了。除了已逝的那个人，再也没有人能够给他们那种感情，让他们心中产生那样的爱恋。他们说得很平静，仿佛那个人的离去只是件平常的事情。

反而，是年轻的人更难处理好这样的事。当突如其来的疾病或意外夺走了他们心爱的人，他们会痛不欲生，何止无心再去接受新的恋情，就连普通的生活也无心去面对了。他们会将自己关在家中，不饮不食，呆滞地看着照片流泪，或者发疯一般去做一些事情，只为减轻那一份痛苦。

或者是中年人经历的事多了，才学会了，习惯了面对各种变故。岁月将他们打磨得圆滑了，将他们的感情沉淀了，于是，他们变得勇敢了。而那些年轻人，涉世尚浅，没有经历过风浪，才会被一场突如其来的暴风雨打晕了头，迷失了方向。

其实，我们不必羡慕大雁的同生共死，对于人类来说，那并不意味着忠贞。我们更不必去想出一些假设，来考验我们的爱人是否会为了我们不顾一切。人类，有人类的爱情，也有人类的忠贞。我们可以用我们自己的方式，去实现对爱人的承诺。

可以带着对逝者的那份爱、那份思念，将每一天过好，如同那人还在自己的身边。可以接触更多的人，也可以参加朋友的聚会，也可以淡然地行走在人群之中。可以有开心，也可以有幸福，也可以有满足。只要爱未变，那这份感情，就是忠贞。

第七章

比翼：一点柔情一片心

世间柔情万种，皆令人心动。都说柔情似水，它来，能轻轻抚平人们心中的伤痕，安慰孤寂的心灵；它去，虽带得走一些温暖和甜蜜，却也不会令人悲痛不已。柔情似水，佳期如梦，令人不禁想要久住于梦境中不醒，却又奈何不得长眠。

焚心：愿为西南风，长逝入君怀

明月高高升起，皎洁的月光洒在了高楼之上。月光如流水，在楼顶上轻轻地徘徊。那楼中住着的女子，正在思念许久不见的丈夫。久久地思念却不得见，她心里涌起了无尽的悲哀，不由得发出哀叹。

那楼上哀叹着的女子是何人？问罢才知，是远行之人的妻子。她说她的丈夫已经出门十年有余，一直未归，这么多年，她都只得独自居住在这楼中，等待着他回来。

那女子说，她的丈夫就像是飘浮在空气中的清尘，高贵而轻盈，而自己却像是地上泥泞的泥土和泥水，卑微而污浊。每每想到这里，她的心里总会觉得更加悲哀。

尘土自然是要随着风，一直飘在空气中的，而泥水则不可飞起，只能永远贴附在地面上。如此天差地别的两个人，要如何才能在一起呢？那机会怕是渺茫得万分之一都不到吧。她说，若是可以，她宁愿失去自己的生命，化作一缕西南风，这样便可以投入到他的怀抱之中了。可是，万一他的心中已经没有了她，再也不愿接受她，她便真不知道还能将自己托付何方了。

如此悲伤的情绪，让人只看文字，便已感觉到了。而这正是曹植在一首诗中所描写的场景，以及所表达的感情。

第七章 比翼：一点柔情一片心

> 明月照高楼，流光正徘徊。上有愁思妇，悲叹有余哀。
> 借问叹者谁，言是客子妻。君行逾十年，孤妾常独栖。
> 君若清路尘，妾若浊水泥。浮沉各异势，会合何时谐。
> 愿为西南风，长逝入君怀。君怀良不开，贱妾当何依。

多么悲情又痴情的女子，多么无奈的情绪。然而对于曹植来说，他会作这样一首诗，并不是想要表达思妇的伤情，而是想要借这样的伤情来暗喻自己的境遇。

曹植，字子建，是曹操的第三子。他自幼聪颖，勤奋好学，出口成章，下笔成文，与其父曹操、其兄曹丕皆是建安文学的代表人物。

特殊的家世使曹植拥有了一个不一样的童年。在他出生后不久，他的父亲曹操便率领将士出兵讨伐。作为家属，年幼的曹植只得随着父亲走过北方一寸又一寸土地。父亲带领着将士们作战时，曹植便与母亲躲在帐中，一边听着外面的风声和战马的嘶吼，一边努力静下心来读书。

曹植继承了父亲的才华，年方十岁，便能将许多儒家典籍流利地朗诵出来，令周围的人惊叹。除了儒学，他对其他的学说也有涉猎，并且都能了解个大概。每当曹操问他一些关于文学方面的问题，他总是能够不假思索地回答出来。

见曹植反应机敏、博学，又有如此高的文学天赋，曹操心中甚喜，对他宠爱有加，几次想立他为世子，然而曹植的心思却全然不在于此。他就如同一个纯真的孩子般，不喜欢世间的浮华，更不喜欢名利场中的钩心斗角，他只想坦率自然地生活。

十五岁起，曹植几次随父北征，增长了许多见识，也生出一些感慨。其间，他曾作过几篇出色的文章。铜雀台建成后，曹操邀请众多文士为其作赋。曹植一气呵成，所作的《登台赋》文采出众，从众多文士

之中脱颖而出。他的父亲读后更加器重他，而他的兄长曹丕得知此事后却越发嫉妒他了。

曹操东征孙权时，曹植以临淄侯之身留守邺城。少了父亲的监督，生性自在的他擅自驾了皇室车马出门游乐，又行了禁道，惹得曹操大怒，最终立了曹丕为世子。

曹操病逝后，曹丕继承了王位，建魏国。对曹丕而言，这位弟弟一直都是他的心头大患，他几次都想将其除之，但碍于母亲的阻拦，他只得暂时打消这一念头，将曹植多次改封，以此对其进行限制和打压。曹植心中郁闷，却对自己的处境无能为力。他唯一可做的，是将情感寄于文字中。

曹丕病逝后，其长子曹叡继位。曹叡同样十分提防曹植，无论曹植如何表达自己想要报国的渴望，曹叡都不肯给他机会，只是在口头上嘉许曹植，然后将曹植派往更远的地方。

这样坎坷的经历令曹植的诗歌主要呈现出两种情绪，一种表达雄心壮志，另一种表达心中的哀怨，这首《明月上高楼》明显属于第二种。

整首诗中，思妇的情绪都是十分低落的，这种低落也正是曹植心中的情绪。在诗中，曹植借妇人写自己，将兄长对待自己的态度比作一位丈夫抛弃了自己的妻子。细想来，这两者之间确实有着共同之处。同样等待着、思念着，然而即使将自己的身份放得足够卑微，却仍然被排挤、被嫌弃，这便是让他心生失望的根本原因。

或许只有如曹植这般遭受过不公平待遇的人，才能将这样一位弃妇的情绪表达得如此贴切吧。明明心是真诚的、坦率的，却总是被人歪曲、被人冤枉，这种感觉真的不好受。

现实生活中，我们也曾听说过与词中内容类似的故事。在这样的故事中，受到不公平待遇的往往都是女人，难以放下的也往往都是女人。不得不说，女人的感情总要更细腻一些，她们容易用心，容易动心，却不容易死心。所以当感情破裂后，男子会想要立刻结束，女子却总是想要挽留。

以为降低了身份就可以留下决意要走的人，以为委曲求全就可以挽回失去的一切，却没有想到，破碎的一切都不可能复原。苦苦的请求，在绝情的人眼中不过是纠缠。

想不透，看不开，所以放不下。当那个人重重地摔门而出，头也不回时，相思已是无用，因为他永远都不会再回来。当那个人看你，眼中流露出了厌烦的神色时，相思已是无用，因为他已对你没了一丝感情。此时，再去相思，希望那人能回来，就是徒劳的。

偏偏，很多人还是看不透，以为自己的思念能够感动对方。他们不知道，对于爱着自己的人来说，思念才能将其感动，而对于不爱自己的人来说，思念不能感动天，感动地，感动他，唯一能够感动的只有自己。

曾经的快乐浮上心头，又教人不忍放手。想起当初的海誓山盟，想起当初那人对自己的万般温柔，仿佛仍在昨天，可抬起头，迎面而来的却是面无表情的脸。那感觉，让人寒心，让人痛心。看着眼前的脸，想着曾经与他长相相同，温度却不同的另一张脸，竟然一时之间不知道哪一个才是真实的。

曾经的暖，如今的寒。曾经的呵护，如今的摧残。曾经的美好，如今的遗憾。雨落了，就让它落，风起了，就让它起。不去试图抓住本不属于自己的东西。缘尽了，就让它走，情断了，就让它去。不去试图挽留已无法挽留的人。

当感情走到了尽头时，相思无用，相思可悲。即使思念得心力憔悴，期望看到的结果也不会出现。即使曾经有过那么多的幸福记忆，那也已是过去了。没有人规定，曾经的幸福就必须持续一辈子。也没有人规定，只要思念够深，就能够挽回一段碎了一地的感情。

若是暂时的分别，不久之后便能再见，那么相思是无用的。若是分别之后再也无缘相见，相思便更是无用。与其在不值得的人身上浪费自己的思念，到不如寻找一份新的幸福。若是实在抑制不了心中的相思，也应寻一适当之人，至少你的相思他懂，他在意，那相思才不是白白浪费了心思。

匆匆：最是人间留不住

世人爱以花比美丽的女子，因为好花不常开，女子的美貌也不常在。岁月的风霜使太多佳人成了老妪，肌肤渐渐松弛，双目渐渐干涩，声音渐渐沙哑。许多男子只爱慕女子年轻时的容颜，却不能忍受她们的年老色衰。若无论爱人样貌如何，心中都依然珍爱，那爱便一定是真爱。

1895年，十八岁的王国维娶了妻子莫氏。一个是衣冠楚楚的少年，一个是含苞待放的少女，对于他们来说，家庭的概念还并不够清晰，所以结婚后，王国维将大部分心思用于办学和求学，而没有放在妻子的身上。

王国维出生于清朝末年的一户书香世家，家世显赫，其祖上曾因抗金有功被封爵位，然而到了他父亲一辈，家境却已不是很好了。王国维受到父亲影响，很小时便开始识字读书。他的性格比较安静，那些对于其他孩子而言枯燥乏味的书籍，对他却充满了吸引力。七岁之后，他在私塾中学到了更多的知识，并在父亲的指导下了解到外面的世界和文化，便更加喜欢读书和学习了。

十五岁时，王国维参加海宁州岁试，中秀才，入州学。之后他连续两年参加府试都没能通过，直到第三次考试，他才终于考入了杭州崇文书院。在此之后，王国维又曾想出国留学，无奈家中支付不起高昂的学费，只得作罢。然而，留学的念头在王国维脑中一经萌生，就再也挥之不去了。

　　人们在年轻时,总以为自己拥有大把的时间,却不知时间禁不起浪费。成婚几年后,为了理想,王国维还是决定去日本留学。虽然数月后,他因身体健康出现问题不得不回国,可这并没有让他将心思收回,而是在回国后先赴武昌农学校任译授,后去南通师范学校、江苏师范学堂等处教书。

　　转眼间,王国维已入而立之年。由于在外奔波十年之久,其间很少回家,即使回家也只是稍作停留便又匆匆离开,所以在他的记忆中,妻子应仍像枝头刚刚绽放的花朵般是青涩秀美的。然而当他又一次回到家中,见到了妻子时,却发现妻子的容颜已改,看上去格外憔悴。此时,王国维才意识到,自己和妻子都已不再年轻了。

　　相隔天涯海角的离别之苦,他体会到了极致。没有想到的是,当他回到家中后,看到的却是满园的花已落了一地。他站在花下看她,她亦站在花下看他,两人相互凝望着彼此,却没有说出一句话。她窗下那片鲜花,原本开得很茂盛,此时却也变得黯淡,就好像渐渐变暗的天色一样。

　　原是想要和她在灯火阑珊之下,细细地互诉衷肠,告诉她分离的这段时间里,他有多么想她。然而,那久别重逢的喜悦一由心里生出,反倒又叫人想起了长久以来相思的苦。在这人间,最难以留得住的,便是那美丽的容颜和枝头的花朵。往日镜中的容颜一去不复返,正如枝头的花一离开树木就不会再开。

　　当时,王国维的妻子已经身患重病,大概是因为这些年独自操持家事太过辛苦,才会变得如此憔悴。然而这么多年来,她理解丈夫的不易,所以从未抱怨过,将所有的家事一个人扛了下来。

　　憔悴的人站于零落一地的花瓣中,便显得更加憔悴,也让人见了更加伤感。看着妻子如今的模样,王国维心中十分难过。他难过的不是妻子不再拥有当初的美貌,而是他竟然不知道妻子从何时开始变老了,也不知妻子这些年都经历了多少辛苦。想到这些,他既难过,又愧疚,于是写下了一首《蝶恋花》,感叹时光匆匆,也后悔自己没有好好珍惜妻子。

阅尽天涯离别苦,不道归来,零落花如许。花底相看无一语,绿窗春与天俱莫。

待把相思灯下诉,一缕新欢,旧恨千千缕。最是人间留不住,朱颜辞镜花辞树。

过去的一切都回不来了,唯一能做的,只有追忆。时光的流逝也追不回来了,想到与妻子聚少离多的曾经,想到不可逆转的种种过去,王国维的心中感慨万千,尽是无奈和哀伤。

王国维在词中以花比人,感叹时光的流逝太匆忙,怎样都留不住,就如同枝头上的花逃不过被风吹落一地的命运。他也感叹往日的美好一去不回,花落"朱颜"亦不在。词中表达的感情有些复杂,先喜后忧,而后忧喜交加,最后忧伤的感情盖过了欢喜。后人在点评这首词时,无一不指出,在词中看到了浓浓的悲剧色彩。

我们一生总是走得匆忙,等我们终于停下脚步,想要回头去细细品味人生,看一看身边的人时,却发现那人已不是当初的模样,声音中也多了些沧桑。

化妆可以修饰我们的脸庞,可以让我们看起来似乎还和过去一样青春,可我们的眼神却无法变回当初那般清透了。青春的光芒,在年华的老去中一点点熄灭,即使我们可以戴上隐形眼镜,再用眼线笔勾勒出一双炯炯有神的眼睛,那感觉和当初也完全不一样了。

我们都曾年轻过,有过稚嫩的声音,轻盈的身体,水嫩的肌肤;

有过敏捷的身手,矫健的步伐,灵敏的思维。那时,我们疯狂地消耗着身体里的能量,以为它像泉水一般取之不尽,用之不竭,直到有一天,我们的身体不再那样灵动,思维不再灵敏,皮肤上的伤口不再轻易愈合,我们才意识到,我们的年龄已经增长了。

我们走得太匆忙,匆忙得忽略了这世间许多美好的事情,匆忙得忽略了身边爱我们的人。当我们忙于工作时,我们感到时间过得太快,却忽略了时间的速度是相同的。当我们一天天老去时,我们的爱人也在一天天老去,毕竟这世上没有人是长生不老的神仙,也没有人是青春永在的仙女。即使我们不愿意,他们也仍然会老去,和我们一样。若我们不珍惜与他们相处的时光,那么迟早有一天,我们将再也没有机会与他们共处。

面对时间,面对衰老,我们都无可奈何。时光的河流静静地流淌着,任由我们在其中哭闹、挣扎,又或是平静无奇地顺流而下。最终,我们的生命都将被它带走。我们能留给这世界的,寥寥无几。或许,只有那些让生者思念的回忆。

是的,我们尚未衰老。可是我们正在一天天地老去。细细的皱纹正在小心翼翼地爬上我们的眼角,用不了几十年,我们便将步入暮年,满头白发,只能静静地坐在院子里晒晒太阳。若是我们不珍惜此时的时光,到那时,再去回顾当初,我们的心里是否不会有后悔,不会有遗憾?到那时,我们又将如何心满意足地给自己一个微笑?

趁我们还年轻,不妨停下脚步,好好打量一下自己的人生,看一看前半段路上是否错过了什么,看一看正在走着的路上是否缺少些什么,看一看我们的身后是否有一张充满渴望的脸,是否有一双深情注视的眼。

陪伴是最长情的告白,而我们恰恰忽略了对爱人的陪伴。我们会在远离时心中牵挂、惦念;会偶尔打电话、发条信息,或者抽空开几秒钟的视频；会在出门后回家前买一些外面的特产，或者在爱人生日时快递给他们一份礼物。可是这些都不是他们想要的。他们想要的，只是我们在他们身边、陪伴，哪怕只有一天。

十年修得同船渡，百年修得共枕眠。两人能成为夫妻是几辈子的缘分，既然有缘在一起，又有什么理由不去珍惜？或许我们有许多理由，让自己整日在外忙碌，但无论什么理由，都不能成为冷落爱人的理由。

转过身，给心爱的人一个拥抱，感谢他们的付出，告诉他们我们懂。趁我们还没有老去，多关心爱人一些，大胆向他们说出我们的爱。是的，就在此时、此刻。

倒回：不见去年人，泪湿春衫袖

世间有些情，说不清，道不明。或许只是起源于一次机缘巧合，却一不小心得到了想要的结果。回顾历史，欧阳修与妻子胥氏的婚姻便是在一次巧合之中促成的，而他们婚后的生活，却是无比幸福的。

十六岁那年，欧阳修第一次参加科举考试，州试未过。第二次参加，他通过了州试，却未过礼部的考试。欧阳修并没有气馁，去过京城后，他才知道自己的学识远远不够，于是他决定离开一直以来生活的那座闭塞的小县城，外出求学。在汉阳，欧阳修得到了胥偃的青睐，不但被胥偃留在府中居住，还在学习上得到了胥偃的许多提点，于是，欧阳修视胥偃为恩师，敬重有加。

胥偃有一女儿，比欧阳修小十岁。欧阳修刚到胥府时，胥家小姐尚且年幼。而后，虽然与胥家小姐在同一屋檐下生活了近三年，但碍于男女有别，两人之间一直不曾有过直接接触。而且欧阳修一心向学，所以并未对胥家小姐产生任何非分之想。

胥偃时常引荐欧阳修与一些名士一起讨论文学。渐渐地，欧阳修在当地文人之中也小有了名气。见欧阳修如此年轻有为，胥偃便有了让欧阳修成为自己女婿的心思。日复一日，又到了科考之日。这一次，欧阳修顺利考取了进士。见欧阳修学业有成，女儿又刚好到了适嫁之龄，胥偃便将自己的想法与欧阳修说了。

第七章　比翼：一点柔情一片心

欧阳修同意了恩师的提议，成了胥府的女婿，之后带着胥家小姐回了家。他没想到这样一位年方十四，正值妙龄的富家小姐虽然自小生活优越，却全然没有一丝娇气。自从嫁给欧阳修后，她每日辛勤操持家务，侍奉丈夫和婆婆，从未有过一句怨言。

胥家小姐所做的一切欧阳修都看在眼中，若说最初娶她过门只是出于对恩师的敬重，不含任何感情因素，那么此时，他已开始喜欢这位温柔大方、通情达理、体贴贤德的妻子了。得妻如此，夫复何求？

胥家小姐给了欧阳修完全的支持，因此欧阳修无须为家事劳神，可以全身心地投入文学创作。每当欧阳修因公出门或和朋友出去游玩，胥家小姐便在家中精心地照顾婆婆，安静地等待丈夫回来。虽为思妇，她却从来没有过对丈夫不满的情绪。她会想念出门在外的丈夫，却只是安静地想念，安静地等待。

婚后第三年，胥家小姐有了身孕。此时欧阳修已对妻子有了十足的爱恋，很想在她分娩时陪着她，可朝廷又一次派他出门办公，无奈之下，他离开了家。没想到，就在这一次外出途中，胥家小姐因难产而患重疾，生命垂危。得知这一消息的欧阳修急忙扔下公务，连夜赶回家中。胥家小姐在见到欧阳修后不久，便咽下了最后一口气，离开了人世。

妻子的离世对欧阳修来说是场重大的打击，他知道人死不能复生，可是除了痛哭，他实在没有心思去做其他的事。事隔多年，他终于走出了这段阴影，娶了已故谏议大夫杨大雅的女儿为续弦，没想到，杨家小姐也是红颜薄命，只与他共度了九个月，便香消玉殒。

再一次失去心爱的人，欧阳修的心中痛苦极了。特别是再逢正月十五元宵夜时，想起杨家小姐曾与他一同在花市中散步的情景，他的心里就更觉得凄凉。

去年元夜时，花市灯如昼。月上柳梢头，人约黄昏后。

今年元夜时，月与灯依旧。不见去年人，泪湿春衫袖。

他记得去年的元宵夜里，杨家小姐与他相约黄昏之后，月儿升到柳梢之时相见。那一夜的花市之中挂了无数的彩灯，将整个夜晚照得如同白昼。如今，同样的日子，同样的圆月，同样的彩灯，唯独不见了同样的人。一想到再也无法与她相见，欧阳修的泪水就止不住地落下，湿了衣袖。

欧阳修在这首《生查子》中记录了他与杨家小姐美好的回忆，也感慨了现实的无奈和悲哀。其意境与崔护的《题都城南庄》有些相似，不同的是，这首《生查子》所表达的感情要更深一些。

崔护诗中的男子只是曾与一女子见了一面，对其有了好感，两人之间并无实质交往。欧阳修的诗中则说明，两人曾经相约，并一起度过了愉快的时光，没想到一年的光景过去，那人却不在身边，又恰逢同样的时间，同样的地点，同样的环境，所以心中那种失落和遗憾才会更重。

物是人非，最是令人心痛。欧阳修与杨氏相处时间虽短，但情意深厚，相敬如宾。杨氏的病逝于欧阳修而言是一次沉痛的打击，所以欧阳修在思念起她时，难免悲伤到落泪。这也便是他会"泪湿春衫袖"的缘故。

物是人非，人之无奈，人生之无奈。网上流传过一段话，说真希望一觉醒来，发现自己这么多年的记忆都只是一场梦，自己仍坐在中学的教室里，然而现实却是，我们经历过的，真的就是过去了。我们可以回到中学校园，坐在当初的座位，听着同样内容的课，可我们的人，却永远不可能回到当初的那一刻。

年幼时的天真，年少时的幻想，年轻时的浪漫与激情，最终都将随着时光的流逝而渐渐减退。无论当时有多么美好,多么令人铭心刻骨,回不去的终将回不去,而且离我们越来越远。

当年暗恋的校花,如今已为人母;当年仰慕的校草,也早已成了别人的丈夫。当年真挚的感情,刻骨铭心的爱,如今只能在闲暇之时回味,却无法将它与现实衔接。虽然,每当回忆起当时,心里还有真切的感动。

回忆,特别是感情上的回忆,是人类专属的东西,也是难以控制的东西。也许我们平日里早已忘记了当初的那些人、那些事,忘记了当初的那个自己。然而偶然间,一个场景,一阵气息,一段旋律,都能让我们瞬间记起那些曾经,让我们的泪水决堤。此时我们才知道,我们并不是真的忘记,只是刻意不去想起,不敢想起。

我们知道,我们应该振作起来,过好每一天,而不是活在对过去的哀悼之中。可是,我们还是时常忍不住张望,想看一看当年的自己。当年的我们,当年自信满满,天不怕地不怕的模样。可是,我们还是时常忍不住回想,那时的自己若是没有放弃那个人,结果是否会不一样。

时过境迁,相爱之人分隔两地,有了各自的生活。当初说好的相守一生,再想起来只不过是年少轻狂许下的誓言。相守一生,哪有说起来那么容易。怕被人嘲笑,怕心里那根弦再被触动,一发而不可收拾。于是,我们假装忘记了过去,假装当初那些真切的感动不曾存在,一笑而过。

再经过熟悉的地点,我们刻意抹去了眼中的期盼,掩盖了心中的渴望;熟悉的音乐再度响起,我们仰起头,止住快要落下的眼泪。这一切,说穿了只是怕而已。

我们告诉自己,这样便是回忆应有的归宿,就让它们随风飘散,在阳光的照射下,颜色一点点变淡。直到繁华落尽,我们的生活越发单调和平淡,想要拿出些什么回味一下时,我们突然发现,我们的头

171

脑中竟然一片空白。随后，空虚，无尽的空虚穿透了心扉。

与其害怕，不如坦然接受那些过去，无论快乐与否，无论它与现在的生活有着多大的差距。既然爱过，那么就是爱过，不需要掩饰，不需要逃避，不需要欺骗自己。感情中的物是人非，也不过是人生的一次阅历。管它是因绝情而生，还是因无奈而生，物是，便是了，人非，便非了。用平常心去看，也就习惯了。

成疾：人间无地著相思

世间痴情者，最易相思成疾。晚清时期，有这样一位词人，易动情，易痴心，此人便是名列"清末四大家"之一的况周颐。

况周颐，原名况周仪，晚清时期词人。少年时期的况周颐热爱读书，在文学方面也极有天赋，9岁补弟子员，11岁便中了秀才。光绪五年，他参加科举考试，中举人，之后入仕，至内阁中书。

况周颐为人风流多情，喜欢结交绝色佳人，一生之中曾多次娶妻，并有过多位红颜。然而他也并非只注重女子的姿色，能得他青睐的女子，或能歌善舞，或通晓声律，或可舞文弄墨。他的第一任妻子赵氏便是一位通晓声律的女子，况周颐与她一起生活了数年，两人感情非常好，直到她去世，况周颐才娶了第二任妻子周氏。不想，周氏也是红颜薄命，与况周颐只生活了不到一年，便离开了人世。

多情如况周颐，怎耐得住孤寂。于是他纳了一妾，姓方名桐娟。桐娟貌美，歌声动人，舞姿撩人，况周颐对她极为痴迷。他爱极了听她唱歌，看她起舞，并用词作记录了她的美丽，以及两人在一起的美好时光。

也许像他这般的风流才子，注定不能有永恒的爱情和爱人。一段时间后，桐娟也去世了。在况周颐的《蕙风词》中，大多数的悼亡之作都是为桐娟而作。在他心中，这位陪伴他不足一年的女子犹如他生命中的镜花水月，美得那么别致，却又离开得那么匆忙。他还没来得及与她经历更多的美好，她便消失在这个世界之中。

当日那满枝的花绽放着，多么娇美，多么令人沉醉。然而风雨过后，好花不在，只留下一地的伤悲。看着那一地的残红，越是回忆，越是伤心，泪水随着面颊不住地流淌，湿了衣裳。若是有来世，切记不要再做这样的痴情之人。免得在这人世间，满心的相思无处可放。

待到明年，满树花再度绽放，仍然会美丽娇艳，看似与当时无异。然而即使如此，那花却也和当时的那些不同了。天上的云或许可以暂时停下它的脚步，可时间并不会因此停止流逝，心中的哀伤情绪也不会缓解。这样的景象，看起来哪能让人觉得是在消遣，只不过是给人添些悲伤罢了。

  惜起残红泪满衣，它生莫作有情痴，人间无地著相思。
  花若再开非故树，云能暂驻亦哀丝，不成消遣只成悲。

在况周颐的这首《减字浣溪纱·听歌有感》中，我们可以读到他对桐娟深深的相思之情，以及对时光流逝的感叹。

"惜""残红""泪""满衣"都是古代文人常用来表达伤情的词。词人通过回忆当年的美好景象，与此时眼中的萧条进行对比，令人读过之后心里自然涌起一股悲伤的情绪。一个"惜"字表达了词人对那凋零的花感到可惜，也是对过去美好感情和美好时光的惋惜。

树上的花是会再开的，词人却说"无故树"，可见在他心中，当初的那段感情是独一无二的，是任何新的感情都无法取代的。即使再遇到相似的女子，他也不会动心。同时，此句也说明时光一去不复返，景有相似，人有相同，但此时非彼时。

风吹云动，也象征着时间在流走。然而时间的流逝是永恒的，风停云歇，时间却不歇。若是心爱之人在身边陪伴，赏花赏云自然是件轻闲的事，可如今，词人却只觉得这些景象令人悲伤。

整首词中充满了悲伤和无奈，特别是"它生莫作有情痴，人间无地著相思"两句，虽然只是淡淡的描写，却能突出感情的深厚，可谓难得的佳句。

相思之情无处安放，说明所念的那个人已经永远地离开了他，断了一切联系。可是自己心里的相思却还没有断，这种相思的苦让况周颐饱受折磨，所以说出希望自己来生再也不要做痴情之人的话。可话虽如此说，他却并不能如此去做。几次丧妻的悲伤都没能停止他对佳人的追求，返京途中，他又娶一妻，名为卜娱。不知是否上天垂怜，卜娱竟陪伴了他近三十年。

卜娱知书达礼，既会填词作诗，又擅长打理家事。得此佳人，况周颐心中十分满足，卜娱的贤惠和情趣让他的心也略微有些安定了。闲时，他喜欢在家中与她共同研究词曲，或与她一同外出搜罗古玩。卜娱患病时，况周颐十分紧张，亲自为她置办名贵药材，只为她能早日恢复健康，再与他一起舞文弄墨，共赏人间美景。

对于卜娱，况周颐是怜爱的，也是珍惜的。虽然他一生之中遇到过许多的女子，可没有一人能像卜娱这般，既给他平实的生活，又给他浪漫的情怀。他一心希望卜娱能够恢复往日的风姿，然而他的愿望还是落空了。

想一个人，念一个人，等一个人。独自一人站在树下，看着花开了又谢，谢了又开。看空中的流云来了又去，去了又来。时光匆匆而过，那个人却再也没有回来。

感情本就是件让人无奈的事，说无奈，是因为它来得突然，没有征兆，令人无法预防。而当你想要结束它时，它却仍然缠着你不放，还要徒添些思念、纠结、哀伤的感情，使人无力抵抗。正如那逝去的

爱人，魂魄已随风飘散，气息却犹存。

这世上，痴情的人总是容易受伤。有多少痴情人最终被伤透了心，他们的心伤会伴着他们数年甚至一生，那种情绪就像一个耍赖的孩子一样，赖在心里，怎么样都不肯走。

有人说，痴情之人必然专情。此话却也不尽然。痴情之人也可多情，也可一次又一次地痴情，只不过即使他们再遇到令他们心动之人，有了新欢，他们也仍难忘记旧爱。旧日的爱人，旧日的爱情，早在心里扎了根。扎得深深的，哪怕切断了上面的茎，根也还是会不停地向下延伸。

有人说，痴情是一种命，虽不致命，却比致命还要可怕。那一份情有独钟，能让人眼中只看得到那一个人，而置其他人如无物。就如同一只鸟儿为了一棵树而放弃了大片森林，哪怕在其他地方，还有更适合它栖息的树木。

自古一见钟情易，两情相悦难。莫名地，就这样爱上那个人，然而却只是一厢情愿。痴情的人太难释怀，他们不相信感情会结束，因为在他们的世界里，感情有了开始，便是一生一世。他们无法接受对方的离开，所以他们不肯放手，哪怕抓住的藤蔓上生出了尖锐的刺，刺得双手生疼，仍然不肯放手。

也有一些痴情人，信奉着"我爱你，但与你无关"的信仰。他们爱，便真心实意地爱，哪怕得不到回应，或者已被拒绝，可他们还是爱着，那样一心一意地爱着。他们知道强扭的瓜不甜，于是选择默默关注那个人的生活，却不出现在那个的生活中；渴望与那个人在一起，却最终选择不去打扰。只在那人需要的时候，送去最适当的关怀和帮助，不顾一切地付出。

有的人说不清哪里好，可就是怎么都无法放弃。这样的感情，便是痴情吧。爱上他，也许只是因为一次无意的温柔，也许只是因为一个温暖的微笑，或是那人挺身而出为自己解了围，或是那人一句不大不小的玩笑。无论因为什么，感情的闸门开了，就再也合不上。

都说世间难得痴情人，事实上，并不是"痴情人"难得，而是两情相悦的"痴情人"难得。当你感叹你所痴情的人并不对你痴情时，在你身边不远处，或许也正有一个人对你同样痴情，却不为你所知。

痴情并非不可，然而若是心中那人始终无动于衷，为何不试着将眼光从那人身上收回呢？又或者，你认为的痴，只是一种习惯罢了。为了一处不适合自己的景象而错过更美的风景，又是何苦呢？

无期：愿我如星君如月

相思有多种，若问何种相思之情最持久，或许最贴切的答案只有那一厢情愿的相思。不论对方是否有回应，也不论对方是否与自己情意相投，就是那么一厢情愿地思念着对方，仿佛没了这份思念，就没了支撑自己活下去的理由。

当心爱之人突然离去，却又不知归期，作为留在原地的女子，往往会陷入一种两难的境地：是放弃，还是相思？若是放弃，心有不甘，若是相思，那么便遥遥无期。

不由想起一首歌——《后会无期》。"当一艘船沉入海底，当一个人成了谜。你不知道他们为何离去，那声再见竟是他最后的一句。当一辆车消失天际，当一个人成了谜。你不知道他们为何离去，就像你不知道这竟是结局。"当一个人就那样离开，或许，结局就是不再回来。若真的如此，相思还有什么用吗？

思绪穿越回古代，眼前便浮现出这样一幅画面：漆黑的夜空中，星月相辉映。遥远的路途上，一匹驿马飞奔而过，不知在追赶着什么。耳边响起的，是马蹄的声音，地上浮动着的，是驿马的身影。那驿马之上坐着一人，朝着泰山之东的方向，赶着马儿一路狂奔。也许是那猛烈的秋风，让马儿跑得如此匆匆。

在范成大的《车遥遥篇》的开篇，所描述的，正是上述这样一番景象。

诗中的男子骑着马远去了，他要去的地方很远，女子看着他远去的背景，心里却已经开始思念了。然后，女子将自己比作星，将爱人比作月，用希望星月相映来比喻希望能和爱人心心相印的感情。

"车遥遥，马憧憧。君游东山东复东，安得奋飞逐西风。"这令我们不由得去猜测：那马上的人是什么人？他要去何方？又是为了何事而去？继续读下去，诗中却并没有说明，而是笔锋一转，写起了女子的相思之情。

"愿我如星君如月，夜夜流光相皎洁。月暂晦，星常明。留明待月复，三五共盈盈。""夜夜流光"暗指的是夜夜缠绵相伴。女子希望自己像那天上闪耀的星，而远去的爱人就像那天上皎洁的月，每一个夜晚，星与月释放出的光芒都能照耀在彼此的身上。

"月暂晦，星常明。"说的是女子即使看不到爱人在哪里，但她对爱人的心意是永恒的，就像天上的星星一直亮着一样。同时她也没有要求爱人对自己的情感与自己对他的情感相同。即使男子对自己的感情没有那么长久，自己的感情也永远都不会变。

女子将自己的相思比作天上星。她说，星星会一直这样闪烁着，即使月偶尔被云朵遮住了光，可星星却永恒地闪烁在天上。等到中秋时节，月亮再次出现之时，便可以与月儿相望，共度美好时光。这样的想法似乎有些天真了，可女子却对此异常执着。

我们读过的大多描写爱人分离的诗词中，女子对男子的离去往往是痛苦和悲哀的。然而在这首诗中，我们却读不出悲伤的情绪，读到的只有一种坚贞不渝的爱情。

对于爱人的离去，她心中有不舍，却没有失去生活的信心和希望，只是一心期待他能够回来，并且相信他能够回来。一个"留"字，一个"待"字，表达了女子愿意为之等待的决心。不求其他，只求能与爱人再见时让他感受到自己的爱。这样的感情，这样的坚持，似乎有些傻。但换个角度去看，似乎又很令人羡慕。一个人，能够不在意他人的回应，坚持活在自己的意识里，有时不能不说也算是一种幸福。

有人说，女子会有这样的想法是因为对爱情的乐观，爱情里就需要这样的乐观。也有人说，盲目的乐观只不过是自欺欺人。这两种观点各有各的道理。对于两情相悦的爱情来说，这样的想法自然算得上是乐观，能够让爱情更加长久。对于一厢情愿的感情来说，这样的想法就算得上是自欺欺人了。

我们知道，猜疑会毁了两人之间的感情，相爱的两人，若是彼此不信任，就难以长久地走下去。可是从字面上，我们没能读出女子和离去之人的关系。或许他们是夫妻，或许他们是恋人，或许他们之间并没有特别的关系，一切都只是女子的一厢情愿。若真的是最后一种，那就未免有些可悲了。

若他们是夫妻，那么这位女子一定是一位感情专一，对丈夫极其信任的妻子。否则，面对丈夫越走越远，不定归期的远行，她的心中必然会有担忧，担忧他会因为距离和时间对自己失去感情，担忧他会在外面移情别恋。

若他们是恋人，那么这位女子应当是处于热恋之中，努力想要维护爱情的女子。否则，她也不会有如此执着的感情，相信心上人也会用同样的感情想念着她。

若男子早就对女子无心，那么这位女子只能算得上是位可怜人了。一心一意地等待，思念，最后却得不到任何回应。也许那男子在离去之后便忘了她，而她却还在那里等待着，守候着。

通常情况下，人们在研究一首诗词真正要表达的内容时，会结合作者的背景去进行研究。特别是涉及感情的题材时，人们更习惯去结合作者的感情经历进行分析，毕竟感情不是无端而生的，即使是在诗词作品中的感情，也不会凭空出现。

第七章 比翼：一点柔情一片心

关于诗的作者范成大，史书上没有任何关于他感情的记载，反而提到他在青年时期曾于一寺中专心苦读长达十年。这样的选择令常人难以理解。寺中的生活那么清苦，饮食清淡，又无消遣之事，若是平常的年轻人，怕是耐不住这样的寂寞，不出几日便出走了。他却能在寺中苦读十年之久，这份耐性和定力，必不是寻常人可以相比的。

也许因为有着这样超乎常人的耐性，他才能在诗中表达出一种特别的坚持吧。虽然诗中的主人公是位女子，但她所表达的情感，却都是从范成大的笔尖流淌出来的。想必范成大在遇到感情之事时，也会选择以这样的方式，坚持自我心中的感受，不理会其他人如何看待自己，也不理会是否能有所收获。

有人认为，一厢情愿的思念太傻，太不值得。可有些人却认为，一厢情愿带来的是快乐。

恋爱是两个人的事，去爱却是一个人的事；相思是两个人的事，思念却是一个人的事。当心里住进了一个人后，心就会变得沉甸甸的，满满的，时时想着他，念着他，遇到任何事情都想与他一起分享。即使那人对自己并无情意，可只要想起他的笑，心里就会温暖；想起他的声音，心中就会泛起波澜。

在最美好的时间里遇到了他，便再也不愿放开牵挂他的心。想着他的柔情，在自己的小剧场里上演一场又一场的戏。就算他对这一切都不知晓，也好，至少不需要担心被拒绝，也不需要担心被嫌弃。不介意是否能与他日夜相守，爱了就是一种无悔，因为爱，所以觉得一切坚持都值得。

站在窗前，看天空中飘浮着的云，想他那里是否也是同样的天气。阳光暖暖地照在身上，便又想他那里是否也有同样的阳光。读他喜欢的书，听他喜欢的音乐，只为与他离得更近。虽然，只是在自己的世界里与虚幻的他产生交集，心里也会涌起满满的幸福感。

就是这样难以割舍的思念,就是这样难以割舍的依恋。哪怕他的世界里,莺莺燕燕,来来往往。

在我的世界里,永远都只有他一人的位置。偶尔也会幻想,他向我走过来,微笑着,将他的一只耳机塞到我的耳朵里,和我一起听同一首歌曲。那情景太过美好,美得让人不愿意醒来。

后 记

中国是诗词的国度。在中国古代文学史中,诗词所占的位置永远不可被取代,它是中国文学史上最为夺目的明珠,更是中国历史文化中最珍贵的宝藏。在古典诗词中,人们能够读到各种各样的故事,体会到各种各样的情感。是古典诗词将我们带入了浩瀚的文学海洋,让我们有机会去领略那些我们不曾领略过的奇迹。

相思是一种特别的情绪,我们没办法定义它的好坏,因为我们没办法确定它会给人们带来怎样的影响。有些人被相思折磨得日渐消瘦,有些人则在相思之中找到了力量。相思之时,人们的心变小了,小得容不下其他;相思过后,人们的心又变大了,豁然开朗,好像什么都放得下了。

偶然间的邂逅,像一只蝴蝶飞进了窗口,落在纱帐上。偶然间的一瞥,就让人动了真情。于是,一场不可逆转的爱恋开始了。爱情之中,相思是必然会出现的,那种恨不得与爱人整日缠绵的感情,就是一种相思。爱情结束了,相思也不会立刻消失,因为爱情是两个人的事,而分手有时只是一个人的表示。只要心中还有爱,相思之情就不会消失。

相思的人,写下相思的诗词,记录下他们一生之中最宝贵的情感和回忆。这些情感和回忆虽然与现在的世界无关,却与现在的人有关。每个人都可能经历过相思,正在经历着相思,或者将会经历相思,却不是每个人都能用如此优美细腻的文字将相思之情表达出来。

  诗词是美的，爱情是美的，相思亦是美的。无论它带给人们的是幸福，还是伤悲，那相思的过程都是美的。因为相思者拥有的是最真实的感情，他们没有否认自己的情感，没有掩盖真实的感受，这样便没有白在这世上走一回。

  落笔书成，心中充满感激之情，那时光深处的记忆，让我度过一段美妙的旅程。同时也要感谢和我一同为这本书的出版付出努力的各位老师，他们是徐小、王达、陈雪、彭月兰、贺艳琨、胡瑞娟、姜日锋、李寒冰、王丹、于艾华、彭东、刘兴亚、王洋、张晓雅。各位老师在这本书的创作中为我提供大量的历史资料和写作指导，让我受益匪浅。也希望我们共同努力的文学结晶能够为广大读着带来一次愉悦的阅读享受。